À PART MOI PERSONNE N'EST MORT

Thomas Gunzig

À PART MOI PERSONNE N'EST MORT

« Millésimes »

Le Castor Astral

TEXTE INTÉGRAL

ISBN 978-285920-697-0

Première édition : Le Castor Astral,
« Escales des Lettres », 1999.

AVERTISSEMENT

Ce recueil de nouvelles peut à mon avis être comparé à un terrain de fouilles archéologiques sur lequel un ingénieur EDF aurait construit une centrale nucléaire.

Sous des bâtiments modernes survit encore un mur à moitié effondré ou un artefact tordu témoignant de la vie passée d'une bande de brutes sans éducation.

Ce livre, c'est ce paysage : certains textes anciens ont été conservés dans les pages argileuses de Situation instable penchant vers le mois d'août, *d'autres sont beaucoup plus récents, les peintures y sont fraîches, les appareils sous garantie, mais leur précédente diffusion relevait jusqu'ici des lois de la physique quantique.*

Les nouvelles « Baptême de l'air », « Situation instable », « Le monde rouge vif... », « Vérité sauvage... », « La vie brûlante... », « La vie sans ligne d'horizon » et « En lettres de feu dans le ciel du Seigneur » ont été écrites entre 1990 et 1993 et publiées dans mon premier recueil.

« Triple genèse... » a été écrit à la demande de Dominique Baillon-Lallande pour le CASH de

Nanterre durant l'été 98, « La technique de l'abattement simulé » à la demande de Francis Dannemark pour fêter une histoire de coq et de clocher en mars 96. J'ai écrit « Belle du saigneur » pour Martine Grelle à l'occasion du Festival de la Nouvelle à Saint-Quentin (mai 98). « À part moi, personne n'est mort » était ma contribution au projet Frontière Belge 97. Enfin, « Gloire et colère dans le minable petit loft du dessus » a été rédigé pour le camarade Hervé Mestron.

TRIPLE GENÈSE D'UN TUEUR EN SÉRIE SUR LES MODES DE L'EXCLUSION VOLONTAIRE, DE L'EXCLUSION FORCÉE ET DE LA DÉVIANCE SOCIALE

Il y avait trois types dans cette histoire. Trois types rendus vraiment dégueulasses par les vies qu'ils avaient, des vies faites de boulots aussi merdiques que gardien de nuit ou vidangeur dans des garages, des vies sans la moindre nana. D'ailleurs, quelle nana voudrait d'un gardien de nuit ou d'un vidangeur ? Pas une, ou alors un laideron tout droit sorti du ruisseau et dont aucun des trois, malgré leur grand désespoir sexuel, n'avait envie de se satisfaire. Ils avaient des vies, enfin, imposant à leur organisme un important déficit en vitamines et en sels minéraux, jamais de légumes verts, jamais de fruits, jamais de viande. Des chips et du Coca, c'était tout ce que ces types mangeaient et buvaient. Tous les trois avaient des vraies mines de déterrés, ils auraient pu faire de la figuration dans un film de George A. Romero. Ils se dégoûtaient les uns les autres.

À force de travailler comme des cons, de n'avoir ni nana ni bouffe valable, les trois types se laissaient complètement aller : ils ne se lavaient jamais, se fichaient éperdument d'avoir des boutons plein le dos ou la figure, et passaient leur temps à se gratter les couilles et à se demander comment faire sauter le grand magasin en face duquel ils habitaient. Celui des trois types qui était le plus malin avait des notions d'électricité. Il prétendait pouvoir bricoler un détonateur avec une télécommande de petite voiture, du désherbant et de la poudre à lessiver. Les deux autres l'encourageaient, lui disaient que c'était la meilleure idée depuis la dérivation du câble qui leur permettait d'avoir du courant sans payer le moindre kopek à cette foutue compagnie.

Bref, le pseudo-électricien se mit à l'ouvrage. Il dégota dans une décharge une bonbonne de butane vide de vingt-cinq litres qu'il remplit avec plusieurs paquets de désherbant bon marché, de lessive au phosphate et d'un bon demi-kilo de clous, de débris de verre et de limaille de fer qui était – dixit l'électricien – une vraie merde pour celui qui en chopait dans les yeux. Elle était tellement remplie jusqu'à la gueule qu'ils durent s'y mettre à trois pour revisser la goupille à fond, mais l'électricien disait que c'était bien : plus il y avait de pression et plus ça péterait. Après ça, avec une mèche de trois, très mince, il fora un petit trou sur le côté de la bonbonne, y passa deux fils électriques dont les bouts avaient été dénudés et torsadés pour faire court-circuit. Les deux fils qui pendaient à l'extérieur furent connectés au récepteur de la petite voiture et collés avec du mastic sur les flancs de l'engin. Du bel ouvrage, la mise à feu pourrait se commander depuis leur fenêtre.

Restait à trouver l'endroit où déposer la bombe. Il ne pouvait y avoir d'obstacle entre elle et la télécommande, par conséquent pas question de la mettre au rayon lingerie comme le proposait l'un des types. L'électricien était formel, il n'y avait que deux solutions : devant la porte coulissante du grand magasin ou un peu en retrait, près des présentoirs des produits en promotion situés sur le trottoir. Ils votèrent : l'électricien voulait la porte coulissante, l'autre type les présentoirs, le dernier s'obstinait avec son rayon lingerie. On se battit, une dent se brisa, on insulta les mères de chacun, puis on revota et l'on se mit d'accord pour la porte coulissante. « Bon, c'est pas tout ça, il faut encore aller la déposer, c'te bombe », dit le type qui avait insisté pour la lingerie. Personne ne voulait y aller, non parce que cela représentait un danger quelconque mais parce que la bombe était lourde, un bon cinquante kilos, et que la traîner de l'autre côté de la rue n'allait pas être une partie de plaisir. On tira à la courte paille. Le sort désigna l'électricien qui refusa sous prétexte qu'il était le seul à savoir se servir de la télécommande. On se battit pour la seconde fois, et une dent se brisa. Pour la seconde fois, on insulta les mères de tout le monde. Finalement le type du rayon lingerie s'y colla en échange de toute la monnaie qui traînait dans les poches des deux autres et d'excuses en règle pour sa dent cassée.

Il fallait faire ça en fin d'après-midi, au moment où un tas de monde venait faire ses courses d'après boulot. Pour péter, ça allait péter ! Selon l'électricien, on allait assister à un beau bordel de sang, de fumée, d'ambulances et de flics à moitié hystériques courant dans tous les sens. Le type du rayon lingerie souleva la bonbonne et dit : « Putain, c'est lourd ! Elle va me casser le dos, c'te merde », puis il passa la porte en marchant comme un canard, s'arrêtant tous les trois mètres.

Il eut un mal de chien à descendre la volée d'escaliers qui donnait sur la rue. L'électricien et l'autre s'étaient déjà postés à la fenêtre pour le voir traverser. La bombe était tellement lourde qu'il dut s'arrêter au beau milieu de la chaussée en bloquant la circulation : « Dégage, avec ton gaz, connard ! » on lui disait. Lui, il ne répondait rien, mais souriait en pensant à comment ça allait leur péter à la gueule, comment il ne resterait bientôt qu'un tas de petits bouts de gens sur le trottoir, et à tout le sang que les gars de la municipalité allaient mettre des jours à nettoyer au tuyau d'arrosage, ha, ha, ha, ha !

L'électricien et l'autre type lui faisaient de grands signes d'encouragement depuis la fenêtre. Le type du rayon lingerie finit par arriver clopin-clopant, avec sa démarche de canard, devant la porte coulissante du grand magasin. Il soufflait comme une otarie, transpirait des gouttes grosses comme des cerises mais semblait plutôt content d'y être arrivé. Juste devant la porte, il y avait un agent de la sécurité, avec un uniforme et une petite matraque bien raide et bien noire qui lui pendait le long de la cuisse. Le matin même, le directeur du personnel lui avait dit : « Mon vieux, je veux une entrée nette, pas de voyous, pas de bicots et pas de merdes de chien. » Dans la tête de l'agent de la sécurité, le type qui venait de s'arrêter devant lui avec une bonbonne de gaz, c'était les trois à la fois. En tapotant sa matraque comme un animal familier, il lui dit : « Dis donc, tu peux pas rester là, hein, faut que tu circules, hein, et vite, sinon, eh bien, hein, il se pourrait que ça tourne mal pour toi, hein. » Le type du rayon lingerie avait eu un père postier qui l'avait, des années plus tôt, battu comme plâtre après chacune de ses tournées. Il en avait gardé une haine pour l'écriture et une frousse bleue des uniformes. La vue du type de la sécurité ranima le souvenir enfoui de toutes les baffes, de tous les coups de ceinture, et réveilla d'entre les morts l'autorité de la vieille figure paternelle. Aussi, malgré son envie de faire sauter le magasin, le type baissa les yeux, s'excusa à voix basse et saisit la bonbonne pour faire demi-tour.

L'électricien et son copain qui avaient vu le manège de l'agent de sécurité comprirent que s'ils ne faisaient pas sauter la bombe à l'instant même, ce trouillard d'amateur de lingerie allait tout faire rater. L'électricien poussa sur le bouton d'allumage en disant : « Prends ça dans ta gueule. » Mais personne ne prit rien, pas d'explosion, même pas la moindre fumée. L'air était clair comme un aquarium, la rue aussi calme qu'une maison de repos, et le type continuait à faire demi-tour avec sa bombe qui n'explosait pas. Le copain de l'électricien demanda : « Et alors, ça pète pas, c'est normal ? » C'était pas normal, bien sûr. L'électricien avait d'ailleurs rarement vu quelque chose d'aussi anormal de sa vie, sauf peut-être sa mère, mais c'était un autre problème. Il appuya encore plusieurs fois sur le bouton mais il ne se passa rien, sauf que le type de la lingerie était déjà au milieu de la rue avec la bonbonne et qu'il recommençait à bloquer toute la circulation. Alors l'électricien jeta la télécommande à la tête de son copain en disant : « Vous êtes de foutus incapables, vous avez dû foirer quelque part. » Le copain ne supporta pas qu'on mette en doute ses capacités. Ça lui rappelait son frère qui était devenu avocat et qui lui faisait toujours des sourires comme on en fait à une fillette de six ans qui raconte une histoire drôle. Le copain n'avait plus six ans, ne racontait jamais d'histoires drôles et surtout n'était plus une fillette. Alors il se jeta sur l'électricien, essaya de lui griffer le visage, de lui tirer les cheveux. L'électricien, idem, griffait, arrachait les cheveux par poignées.

L'amateur de lingerie finit par arriver, tout couvert de sueur, presque mort à cause de son aller-retour avec sa bonbonne. Il dit : « Je suis désolé, faudra y retourner quand le gardien ne sera plus là. » Les deux autres types étaient en mauvais état, leurs nez saignaient comme des robinets grands ouverts. S'ils en avaient eu la force, ils lui auraient bien réglé son compte, mais ils restèrent affalés sur le sol à regarder leur sang couler sur le devant de la chemise. Alors, le sommet de la bonbonne se détacha. BANG ! Une grosse fumée noire s'en échappa. Une fumée bien épaisse et bien noire, une vraie soupe. Les yeux qui piquaient, les gorges qui brûlaient. Tous le trois se mirent à tousser et à ne plus rien y voir. On se bouscula pour sortir et on se retrouva dans la rue à regarder du noir qui sortait de la fenêtre. Des passants s'arrêtèrent pour regarder, un flic commençait à s'approcher en tirant la gueule. C'était pas bon, on allait venir chez eux, on trouverait la bombe, on verrait la déviation électrique, les amendes allaient pleuvoir comme des grêlons. « Faut se tirer d'ici », dit l'électricien. Ils se séparèrent : l'électricien téléphona à sa mère qui lui dit : « Hein ? Qui ça ? Mais qui ? Comment dites-vous ? Hein ? Merde enfin ! Qui donc ? » avant de le reconnaître. L'amateur de lingerie fila droit chez son père qui lui dit : « Te v'là, pauv'minable, tu vas voir comment j'vais t'faire travailler, moi. » Et le troisième type se retrouva chez son frère qui lui sourit gentiment. Pour la centième fois il eut l'impression d'être une gamine de six ans, mais il fallait bien dormir quelque part et il ne dit rien.

Dans le cœur de chacun des trois types, un arbre fait de peur, de regrets et de haine planta ses racines. Toute la nuit, il poussa bien haut et bien droit. Sur ses branches mûrirent des fruits plus nauséabonds que des déjections canines. Au matin, ces fruits étaient tombés et donnaient naissance à d'autres arbres sur lesquels poussèrent d'autres fruits merdeux, et finalement ces trois hommes se trouvèrent perdus au cœur d'une forêt d'une noirceur absolue, à l'atmosphère saturée d'hydrogène sulfuré, sans qu'aucune issue ne semble possible. L'électricien se mit à entendre des voix l'invitant à découper des jeunes femmes en rondelles et à jeter les morceaux dans des sacs poubelle. Il se mit à l'ouvrage dès la fin de la semaine. L'amateur de lingerie se dit que s'il était perdu au cœur de cette forêt, c'était sans doute à cause de son père postier. Alors il le tua mais se perdit un peu plus et se vit contraint d'acheter une carabine 22 long rifle pour s'installer au bord d'une autoroute, une belle collection de cartouches dans les poches. Le troisième type dit à son frère qu'il avait trouvé du travail. Un bon job. Difficile, mais pas désagréable. Trouver des fillettes de six ans qui racontaient des blagues pour rigoler un bon coup avec elles.

BAPTÊME DE L'AIR

Ils étaient passés au moins quinze fois, les avions. Et ils nous avaient tout balancé, les avions. Des kilos de bombes qui dégringolaient en grappes sur les chaussées et les toits des maisons. Ah, ils avaient dû bien se marrer les pilotes en nous envoyant leur purée, ils s'en étaient donné à cœur joie, les merveilleux fous volants. Boumboum-boumboum, même quand plus rien n'a tenu debout ils sont encore repassés deux ou trois fois. Des fois qu'un con d'insecte ou qu'un con de chromosome ait encore eu envie de se tenir debout. Puis, quand ils ont eu tout bien nettoyé avec les bombes, ils nous ont envoyé les chasseurs faire les ramasse-miettes. Des giclées de pruneaux sur tout ce qui bouge, sur tout ce qui frémit, sur tout ce qui pétille. Un gros chat qui avait perdu la boule et qui courait en marche arrière s'était fait avoir en pleine poire par des calibres plus gros que lui. Le chat, on aurait dit une béarnaise ; on voyait plus la différence entre lui et la terre. Un gâchis qui soulevait le cœur.

Entre les pruneaux, on est tous devenus dingues. Ma sœur aînée, à chaque avion qui passait, elle voulait sortir pour lui expliquer des trucs. Alors on lui demandait ce qu'elle voulait leur dire, aux avions. « Des trucs », elle disait. Pas moyen de savoir quoi. Puis un jour elle a fini par sortir. À peine elle a ouvert la bouche qu'on a vu sa tête sauter comme une citrouille, et celle du père qui était parti à sa suite.

Schlak ! et crac ! Deux pour le prix d'un.

Alors la mère est sortie à son tour de notre trou, avec ses jupes et ses souliers qu'elle n'avait pas quittés depuis des semaines, et elle s'est mise à courir après l'avion en le traitant de tous les noms. Elle, ils lui ont envoyé une bonne salve aussi, mais ils l'ont ratée. Allez savoir pourquoi, ces choses-là ne s'expliquent pas. Moi, je m'étais dit chouette, maman ils ne l'ont pas eue, et je m'attendais à la voir revenir, avec ses larmes et ses loques.

Eh bien rien du tout, elle est repartie droit devant elle et j'ai eu beau l'appeler, ça n'a rien changé.

Le chat : mort.

Sœurette : morte.

Papa : mort.

Maman : disparue.

Et moi, je suis resté avec le bébé dans le trou et j'étais pas prêt d'en bouger.

De la ville d'hier, il ne restait qu'un brutal champ de bataille. Des maisons squelettiques, éventrées par le souffle des bombes, les arbres carbonisés, complètement tordus par le napalm. Ce que je voyais depuis le trou, c'était une étendue crasseuse de cendres et de poussière avec tout un tas de cadavres. Hommes, femmes, enfants sur qui se levaient le soleil et la lune et qui restaient là, à moisir sans pudeur dans de mauvaises positions.

Ce qui vivait encore, c'était le tout-petit. Vermisseaux, insectes, souris pullulaient avec l'arrogance des vainqueurs. Une pagaille de petits bruits emplissait les décombres, on couinait, grattait, galopait avec fièvre.

Mais tout ce qui dépassait la taille d'un moineau était condamné à se faire griller par les chasseurs ou à devenir dingue.

Un jour, depuis mon trou, j'ai vu un merle faire la cour à un tibia. J'ai montré ça à bébé et, croyez-moi si vous le voulez, mais ça l'a fait marrer. Tout ce qui avait survécu était devenu dingue.

Bébé est mon petit frère né au début des bombardements, il doit y avoir quatre mois de ça.

Bébé, je sais plus son nom. Jacques ? Paul ? Jean-Marc ? Traumatisme du bombardé que je suis et pas moyen de me rappeler.

À Bébé, je suis tout ce qu'il lui reste. Je suis sa seule famille. En fait, j'ai de grosses responsabilités envers lui. Je le nourris de tous les petits pots qu'on avait emportés en descendant ici, je le change, le nettoie. Je fais même son éducation.

« A... », « MA... », « MAMAN... » Je lui apprends les premiers mots. Si je faisais pas ça, je vois d'ici ce qui se passerait. À la fin de la guerre, on m'accuserait d'en avoir fait un petit illettré. Je me retrouverais devant une cochonnerie d'assistante sociale à devoir dire des « pardon madame ». Bon, mais le petit a la tête dure :

– A. Je dis.

– Rflflflflflflfl... Il fait.

– Maman... M.A.M.A.N. Je dis.

– Briflflflflfl. Il fait.

Pas moyen d'en tirer quoi que ce soit.

ssssssSSSSSSCHLAF ! De plus en plus, on nous envoyait des chasseurs faire le nettoyage.

sssssssSSSSSSSSSCHLAF ! faisait la bête en passant au-dessus de mon trou.

– BANDE DE CONS ! je criais à toute pompe. BANDE DE BITES...

Je nageais en plein désarroi.

Le bruit des avions et la vue malheureuse du champ de bataille, ça me brisait le moral, je sentais un petit quelque chose en moi qui s'apprêtait à lâcher prise. Dans mon trou, j'avais l'impression d'être une saloperie de taupe ou d'insecte tordu de la nuit, une luciole, par exemple. À un moment, je me suis senti sur le point de prendre le relais du merle et j'ai eu envie de devenir le copain du tibia.

Puis j'ai regardé Bébé.

Une petite perle d'enfant. Des petites mains même pas assez grandes pour tenir le plus petit des petits cailloux, mais qui savaient serrer et qui serraient quand elles chopaient un de mes doigts. Il avait des pieds, des orteils comme des pétales. Et une façon de vous regarder... Je ne pouvais pas flancher. Qui sait ce que seraient les conséquences pour le petit si je l'abandonnais maintenant... Des complexes, d'irréparables névroses pourraient apparaître et grandir en lui. Imaginez le petit homme devenu paranoïaque ou schizophrène... Ses petits pieds en fleur deviendraient de vilains pieds de neurasthénique, tout veinés et tout tordus. Et ses petites mains amoureuses d'aujourd'hui, les serres bileuses d'un consommateur de hard-movie.

Je devais lui donner une éducation.

« Le chat est un animal qui aime les souris et qui marche vers l'avant. Les merles aiment les merles, et les chats les chats. Et les hommes les hommes. Si c'était pas comme ça, le monde ne tournerait plus rond et ce serait à nous tous de devenir dingues. Les chats vers l'arrière et les merles avec les tibias. »

Je lui disais tout ça histoire de remettre les pendules à l'heure. Je le voyais d'ici trouver normale la vie dans les trous et la folie tout autour. Ça commençait déjà. L'autre jour, on a vu un cheval à trois pattes qui clopinait dans les décombres. Maigre comme un os, l'animal. Et Bébé n'a pas sourcillé.

– MAMAN, M.A.M.A.N. Je disais.

– Breuflflflflflflflflf. Y faisait.

Je vous jure… Tout ça allait finir par nous faire un taré.

– BANDE DE CONS ! je gueulais après les avions. BANDE DE TROUS ! BANDE DE LATTES !

Ça me faisait un bien fou. On s'habitue au champ de bataille et au désordre des décombres comme on s'habitue à un eczéma.

L'inverse aurait étonné.

Les semaines avançaient et nous entraînaient vers la saison nouvelle. Déjà il commençait à faire plus froid. Dès le coucher du soleil, se levait un cruel petit souffle glacé capable de passer à travers tout. Et puis les premières pluies arrivaient. La boue ruisselait partout dans mon trou, et toutes les cendres de la ville se muaient en flaques de boue et d'éclaboussures.

Bébé, je l'avais emballé dans des kilos de linge. À la longue, c'était pas très propre, mais c'était chaud. Nous vivions des temps système D où il était souvent difficile de joindre l'utile à l'agréable.

Bébé m'inquiétait pas mal ces temps-ci.

D'abord, il n'avait plus sa jolie couleur massepain de l'heureux temps papa-maman, mais plutôt une inquiétante teinte opaline avec des effets marbrés sur le crâne. Et puis un courant d'air lui avait flanqué une vilaine toux genre pneumonie. Il nous raclait sa petite trachée avec des bruits détraqués qui me fichaient des angoisses pour toute la journée.

J'avais un têtard blême en mauvaise santé. Je lui ai fait des mélanges de lait et de petit pot, je lui ai construit une petite tente coupe-vent, je lui ai changé son maillot tous les jours. Petit à petit, avec toutes mes berceuses, ça a semblé se calmer, si bien qu'il a fini par ne même plus tousser.

Alors j'ai pu reprendre les leçons.

– MAMAN, M.A.M.A.N...

– Brimblblblbl. Keuf. Keuf.

– A. B.

– Grimfl... Keuf.

Le petit sans abri semblait très en retard sur le développement normal. Alors je me suis dit que c'était peut-être à cause de son environnement.

Plus de papa ni de maman. Bébé ne s'y retrouvait évidemment pas avec son demi-braque de grand frère comme seul milieu familial. Inutile de vous dire ce qui se passait dans ma tête, moi aussi je sais ce que ça donne un têtard privé de sa mère en plein stade anal. Ni les sphincters ni la loi. Un asocial, un délinquant, voleur, tueur et violeur. Un surmoi fantomatique et un moi en lambeaux.

Moi, le bébé-massepain aux pieds coquelicots, je le voyais déjà enfant du juge. Alors je me suis dit qu'il fallait que je lui en donne un, d'environnement familial.

Dans un coin du trou, j'ai récupéré des affaires à la mère et au père. J'ai commencé par enfiler une vieille nippe à maman et à me tartiner un peu de maquillage sur la tronche. Je me suis retourné vers Bébé.

« *La mère.*

– Mais bonjour le bébé, regardez ces grands yeux. On dirait qu'il ne reconnaît plus sa maman qui vient de revenir de vacances. Comme il a grandi, il est devenu costaud. Viens par ici, mon bébé.

Alors je l'ai pris dans mes bras et je l'ai bercé en continuant à lui raconter des craques. Après ça j'ai enfilé un pull et le veston du père.

Le père.

– Eh bien. Moi je trouve au contraire qu'il n'a pas vraiment grossi. Je me demande ce qu'on lui a donné à manger pendant notre absence. J'ai pas envie de me retrouver avec un petit malade à la maison.

La mère.

– Mais qu'est-ce que tu racontes ! Il est resté seul plusieurs semaines. On lui a sûrement manqué. Imagine ça. Il devait se demander où on était passés.

Le père.

– En tout cas, maintenant, on est là et j'espère qu'il pourra bientôt dire bonjour à ses parents. Dis PAPA, P.A.P.A.

Bébé.

– Frlbftftftftf...

La mère.

– Dis MAMAN, M.A.M.A.N.

Bébé.

– Mrtrtrtrt... Keuf, Keuf. »

La ville s'habituait à sa nouvelle physionomie. Les éboulis s'étaient fixés en petites collines définitives, les amas de décombres se soudaient les uns aux autres sous les effets de la pluie, un réseau de rigoles et d'alluvions marquait le terrain de dessins hasardeux. En fait, une rassurante stabilité s'installait dans le paysage gris-noir, les congères de boue s'étaient durcies, les ulcérations spongieuses de la cendre s'étaient rigidifiées en scories reflétant la pâle lumière du soleil. Toutes ces demi-sphères, vers midi, donnaient quelque chose de spectral à l'atmosphère. Avant, Bébé et moi sentions planer la mort autour de nous. Mais dès ce moment, la mort, on pouvait la voir dans la phosphorescence des décombres.

Les chasseurs continuaient à raser le sol et à mitrailler tout ce qu'ils pouvaient. Même les macchabées en prenaient pour leur grade, la plupart d'entre eux étaient passés deux ou trois fois à tabac, et ils ne ressemblaient plus qu'à de drôles de passoires se confondant avec l'informe du trottoir.

BANDE DE CONS... BANDE DE DINGUES ET DE SALES FOUTUS CONS DE RIEN !

Moi, j'en pouvais plus de gueuler à chacun de leurs survols. Ils nous empoisonnaient la vie avec leurs foutues dragées et leurs foutus réacteurs. MAIS QU'EST-CE QU'ON VOUS A FAIT ? Voilà ce qu'on voulait demander. Mais ils n'entendaient rien, passant à Mach 2 au-dessus de notre sweet-home. Alors je continuais à faire l'environnement de Bébé.

« *La mère.*

– Allons mange, mange encore un peu, mon bébé. Il faut grossir avant l'hiver. Tu n'aimes pas ce que j'ai fait pour toi ? Hooo, tu vas rendre ta maman malheureuse. Mange, pour ta maman. MAMAN, M.A.M.A.N.

Le bébé.

– Mabchlchlchlchl…

Le papa.

– S'il n'en veut pas, moi, je mange à sa place. Je vais pas crever de faim pour ses petits caprices.

La maman.

– Mais qu'est-ce que tu as ? Je ne t'ai jamais vu aussi désagréable ! C'est quand même pas de sa faute si le petit n'est pas bien. »

Et miraculeusement Bébé commençait à manger, avec des grandes bouchées comme pour reprendre de l'air, regardant vers sa maman pour y chercher l'approbation.

Le cheval à trois pattes de l'autre jour était revenu. Ici, il connaissait déjà un peu, alors à crever de faim autant que ce soit chez soi.

Bon, voilà notre bidet qui arrive clopin-clopant dans les décombres, encore plus maigre et plus décomposé que la première fois. Il s'arrête, renifle un coup, reconnaît son endroit et le voilà soudain plus détendu. Il va, il vient, il ramasse une pelure qui traîne à terre, il commence à chiquer plus tranquillement que dans le pré de son enfance.

Il n'a pas fallu cinq secondes pour qu'une de ces cochonneries de fer à repasser arrive plein pot. L'avion l'a pris en piqué d'une salve à pas vouloir en faire des économies.

Et notre copain, il n'a rien fait pour esquiver. Il a attendu la mort comme si de rien n'était. Il n'a même pas soulevé les yeux pour la voir venir, il n'a même pas frémi, il s'est simplement écroulé dans un bruit d'osselets. Moi j'étais pas fier et je me suis dit que ce trou du cul de pilote avait dû se sentir bien nouille d'abattre une bestiole qui s'en fichait comme du bon Dieu.

BANDE DE CONS ! j'ai gueulé, BANDE DE SUPER CONS, LA MORT EST UNE FEMME FRIGIDE ! ! ! Et je me suis mis à rire comme un dingue.

Puis je me suis mis à tousser parce qu'il faisait froid et que le petit vent s'était levé sans que je le remarque. J'ai rentré ma tête dans le trou et je me suis passé un riflard autour du cou.

Quelque chose avait changé dans l'attitude de Bébé. Était-ce dans ses gestes, dans ses chahuts, dans son visage ? Je ne savais pas. Mais j'avais la certitude que quelque chose était arrivé. Je l'avais remarqué un autre jour alors que je lui donnais une nouvelle séance-famille où nous étions tous à table : le père, la mère et Bébé.

« *La mère, tendre.*

– Je trouve qu'il a déjà meilleure mine. Et puis il mange avec plus d'appétit.

Se tournant vers Bébé.

– C'est bon, petit ogre. Mais il faut que tu manges moins vite sinon tu auras très mal au ventre.

Le bébé ralentit aussitôt, et regarde vers sa mère qui lui sourit.

Le père agacé.

– Et tu sais ce qu'il faisait ton petit ogre pendant que tu avais le dos tourné ? Eh bien il bouffait les vers de terre du fond du trou avec des yeux à trouver ça bon comme des cachous. Évidemment, toi, tu t'en fiches. Tu verras, quand il aura la diarrhée, la tête qu'il fera. Hein Bébé ?

Le Bébé.

Chmrlrlrlrlr... »

Et c'est là que j'ai senti un drôle de truc venant de Bébé. Il a regardé le père d'un air à vous glacer le sang. Je vous jure, quelque chose dans ses yeux... Je ne sais pas, mais une seconde j'en suis resté troublé. Rapidement je me suis repris et j'ai enchaîné.

« Le père à la mère.

– Tu lui dis que s'il me regarde encore une fois comme ça, je lui en colle une, sans rire !

La mère moqueuse.

– Ton père me dit de te dire que si tu le regardes encore une fois comme ça il t'en collera une.

Le père en rage.

– Et si tu te fiches de moi, je t'en colle une aussi,

fais très attention à ce que tu dis, je vais pas hésiter à vous en coller une à tous les deux.

La mère tout bas.

– Une, deux…

Et Bébé qui nous regardait avec un frisson, en faisant des chhhhh et des brlrlrlrl. »

Je passais mes journées entre l'éducation de Bébé et l'observation extérieure. Des journées bien pleines malgré les apparences tant un bébé, comme un terrain vague, peuvent être sources de surprises ou d'inquiétudes.

L'autre jour, je laissais dépasser ma tête du trou et je regardais pensivement les décombres. Au bout d'un instant, je vois un petit point qui se déplace à environ deux cents mètres, trop loin pour pouvoir le définir. Je le vois qui se rapproche, cent cinquante, cent, cinquante mètres… Et qui je finis par reconnaître ? La mère du début, celle qui avait préféré se perdre plutôt que de rester chez nous.

Je la vois revenir et je trouve que ces quelques semaines passées toute seule n'ont rien eu à voir avec une cure de jouvence. La pauvre femme : ses vêtements, c'était pire que des loques, des cache-misère, des haillons qui lui collaient encore par miracle sans ressembler à rien d'autre qu'une maladie de la peau. Et puis sa tête, ni Hansel ni Gretel n'auraient eu confiance en ma sorcière. Des cheveux comme des attrape-mouches, et puis ses rides, des caniveaux, même profondeur et même crasse.

La vieille avait dû se rappeler où elle habitait et elle voulait rentrer chez elle maintenant, c'est pour ça qu'elle était revenue. Je la vois qui cherche le trou, mettant au fond de ses yeux frémissants un air désespéré à vous poncer le cœur.

Bon, elle regarde à gauche, à droite, moi je savais bien qu'elle pourrait pas nous voir à moins de deux mètres du trou, mais j'avais quand même les flubes pour bébé et pour moi. Car imaginez qu'elle le retrouve, notre trou, et qu'elle y revienne avec sa crasse et ses misères, qu'est-ce qu'il aurait pensé, bébé, avec ses deux mamans ? Ça aurait fait des grumeaux dans sa jugeote et on serait retombés dans le schéma jeune délinquant, ça c'est clair.

Alors on n'a pas fait un bruit et on a regardé la vieille tourner dans tous les sens sans parvenir à retomber sur nous. Finalement, en tournant comme ça, sans rien trouver, elle a fini par s'éloigner. Cinquante, cent, cent cinquante mètres, puis on n'a plus vu qu'un petit point, et finalement plus rien. Comme disparue dans un nuage. Je poussai un soupir de soulagement en voyant disparaître la mère et osai enfin bouger.

Dans le trou, les choses n'allaient pas très bien. Le père et la mère se disputaient sans cesse au sujet de n'importe quoi. Bébé en souffrait.

« Le père.

– Aujourd'hui, on mange des épluchures, demain des vers comme bébé, et après ce sera quoi ?

On va tous crever dans ce sale trou. Y aura même plus besoin de nous enterrer puisqu'on l'est déjà.

La mère.

– À quoi ça sert de s'en faire comme ça, on a pas le choix de toute façon, alors…

Le père.

– Alors, alors, alors, si j'étais pas là vous seriez déjà tous les deux complètement finis. Toi, évidemment, il n'y a que ton massepain qui te tracasse. Je pourrais crever moi, mais pas lui, tu ne le laisserais pas.

Le bébé jette un regard mauvais vers son père et se tourne vers sa mère qui lui sourit.

– Bfblblblb…

Le père.

– Flflflfl. Il ne sait rien dire, rien que ces bruits de basse-cour.

Se tournant vers le bébé.

– Parle ! Parle ! Prouve-nous qu'on n'est pas en train d'entretenir un imbécile au fond de ce trou. PAPA, P.A.P.A.

La mère.

MAMAN, M.A.M.A.N.

Le bébé.

– Glflflflf… »

Il est certain que le père était devenu l'être détesté, à l'inverse de la mère à qui il ne cessait de jeter des regards pleins de tendresse et d'abandon. Autant envers sa mère Bébé se montrait ouvert, souriant, séduisant, autant son attitude envers le père se dégradait de jour en jour et se muait en malveillance.

Dès que la voix paternelle se faisait entendre, ses regards devenaient sournois et ses gestes, pourtant maladroits, s'exécutaient sous l'emprise d'une évidente hypocrisie.

Bébé dissimulait. Bébé rusait. Bébé simulait.

Et j'en venais à regretter l'innocence des premiers mois.

Les avions passaient.

BANDE DE CONS, LES MACCHABÉES VOUS BAISERONT AU PARADIS !

Je gueulais comme un possédé.

De plus en plus Bébé faisait tout pour agacer le père, des bêtises, des maladresses qu'il n'aurait jamais commises avant, et cherchait immédiatement secours dans les bras de sa mère. Dès lors, entre ses parents, les choses ne firent qu'empirer et la fréquence des disputes augmenta encore. Bébé devint plus difficile.

Il faisait dans ses langes à peine changé, il recrachait ses repas, se laissait tomber de sa petite table ou s'empiffrait de tous les détritus qui traînaient au fond du trou.

La vie était devenue très sombre. Le père commençait même à sentir un certain malaise tant les regards de son fils s'étaient peu à peu chargés d'hostilité.

Quand les chasseurs eurent la certitude qu'il ne restait plus rien de vivant, on les fit rentrer à la maison. Et comme un sale troupeau meurtrier, on ne les vit plus. Le ciel redevint alors un lieu amical pour libellules et zozios cannibales. Deux ou trois jours passèrent, paisibles, sans coups de feu ni réacteurs. Comme si la guerre avait décidé de nous accorder une récréation. Mais au bout de ces trois jours, un nouveau cauchemar allait prendre le relais. C'était l'armée de terre qu'ils nous envoyaient maintenant.

J'ai vu dix, vingt, une multitude de points se dessiner sur l'horizon et grandir peu à peu en se rapprochant. Des cochonneries de soldats en uniforme vert tilleul et noir mazout, avec des cochonneries de talkies-walkies et des cochonneries de sulfateuses toutes prêtes à mettre le paquet.

Ils avaient décidé de nettoyer la zone en profondeur.

Ils avançaient vers nous sans un bruit, on aurait dit une sorte de fléau du ciel avec des anges mauvais qui seraient venus nous punir ou un truc du genre, mais vraiment flippant. Moi, je me suis dit, du moment qu'ils ne s'approchent pas trop du trou, ils ne pourront pas nous voir. Alors j'ai rentré ma tête en vitesse et j'ai retrouvé Bébé.

« *La mère.*

– Qu'est-ce qui se passe ?

Le père.

– On a toute une légion de marsouins qui arrive et il va s'agir de ne plus faire un bruit. C'est compris ? Pas un souffle. »

Alors tout le monde s'est tu et on s'est mis à attendre.

Puis on a entendu des pas s'approcher du trou, personne n'a osé regarder vers le haut. Mon cœur, on aurait dit un moteur diesel tellement il cognait, et puis je transpirais des verres d'eau entiers.

Une trouille comme j'en aurais plus.

Puis on a entendu les pas s'éloigner.

Tout le monde s'est dit que c'était gagné, mais le père a mis un doigt devant sa bouche pour qu'on la ferme encore un instant. Alors j'ai vu le regard de Bébé, plein de rancœur et de haine, et un long frisson se cramponna à mes cheveux.

De la bouche du nourrisson sortirent ses premiers mots.

– BANDE DE CONS ! il a crié.

LA TECHNIQUE DE L'ABATTEMENT SIMULÉ

Le type de la ferme était complètement bourré. Il s'était mis dans la tête de faire prendre à son cousin, qui avait un appareil, une photo du bébé et du coq côte à côte. Du coup, il avait couru derrière Walter et il l'avait poursuivi jusque dans le poulailler où il l'avait attrapé par le cou et ramené vers le centre de la cour. Il avait mis Walter sur le rebord du berceau et, pour faire rire les quatre ou cinq autres types des quatre ou cinq autres fermes du coin qui avaient été invités à sa petite fête, il lui avait gueulé dans l'oreille qu'il n'avait pas intérêt à bouger la moindre plume.

Du coup, Walter, qui connaissait bien ce ton, n'avait plus rien bougé. Ni plume, ni patte, ni crête et il s'était mis à attendre. Les quatre ou cinq types des quatre ou cinq autres fermes avaient ri d'un rire qui sentait le vin et le cochon mort. Le cousin à l'appareil prit sa photo en chancelant puis tomba, puis se releva et se traîna avec un sourire idiot vers le banc où étaient assis les quatre ou cinq types.

Le type de la ferme se lança dans un grand discours que personne ne comprit sur les vertus de son champion de coq et de son nouveau-né de fils, et sur ses vertus à lui, le meilleur entraîneur de coqs de combat de la région et le meilleur père du pays. Puis il s'applaudit avec joie et retourna à la table où se trouvaient ses invités. Il remarqua qu'ils dormaient d'un lourd sommeil alcoolisé. Il s'assit à côté de son cousin, lui frappa le dos en le traitant de sale poivrot de ses deux et s'endormit à son tour à l'ombre d'un arbre aux allures de pompe à bière.

De son côté, Walter se tenait toujours immobile à côté du bébé. Et de rester immobile en plein soleil, il n'aimait pas ça du tout. Il aurait mille fois préféré passer sa journée à se battre avec des sacs de riz ou des tas de feuilles mortes. Ou la passer à courir derrière Lucile la Danubienne ou à rêver de ses bons moments avec Virginie la Névrosée. Mais ce salopard de type de la ferme lui avait gueulé dans l'oreille de rester là, posé sur le rebord du berceau, près du bébé dont l'apparence boursouflée et l'odeur acide retournaient son cœur de coq.

Non, jouer les gardes d'enfant, Walter ça l'énervait au plus haut point. Il n'était pas fait pour ça. Et s'il n'était pas fait pour ça, c'était que Walter était un vrai salopard. Et que d'être un salopard, c'était une des seules choses qui lui plaisaient vraiment et qu'il savait faire avec talent.

En fait, il avait le génie de la saloperie. C'était lui qui avait mis au point le redoutable swing en crochet avec lequel il avait terrassé ses premiers adversaires. C'était lui qui avait développé la technique de l'abattement simulé par laquelle les combattants les plus aguerris s'étaient fait avoir, et il était encore le seul coq au monde à savoir pratiquer avec une précision stupéfiante l'enchaînement coup de bec œil droit, coup de bec œil gauche, ergot dans la gorge, qui lui valait l'admiration de ses pairs.

Il faut dire qu'il avait été bien entraîné, Walter. Coup de bec œil gauche, coup de bec œil droit, coup d'ergot à la gorge, cent fois répété sur un adversaire en bois, encouragé par le type de la ferme qui l'avait pris en charge alors qu'il était encore un poulet.

Coup de bec œil gauche, coup de bec œil droit, coup d'ergot dans la gorge. Voilà son truc.

La chaleur qui le faisait souffrir et l'immobilité à laquelle il n'était pas habitué finirent par mettre Walter dans une humeur vraiment mauvaise. Et, comme à chaque fois qu'il était de mauvaise humeur, les mêmes mauvais souvenirs remontaient à la surface comme des bulles de pétrole, aussi noires et aussi malodorantes.

Les quarante enfants que lui avait donnés Virginie la Névrosée étaient morts en quelques semaines. Ils s'étaient tous fait avoir dans une série de catastrophes dont la succession avait donné à

Virginie la certitude que la vie ne valait pas plus qu'un plat de nouilles et que pondre œuf sur œuf ne menait qu'à bien peu de bonheur.

Les dix premiers avaient été noyés lors d'un des grands orages de la saison chaude, emportés jusqu'au puits par un torrent de boue aveugle. Quinze autres avaient été dévorés par le chien fou du voisin. Onze, imprudemment aventurés sur la route, avaient été écrasés par un camion-benne. Et quatre étaient morts empoisonnés par le produit bleu que le type de la ferme répandait sur ses pommes de terre.

Tous ces morts, Virginie la Névrosée, ça n'avait pas arrangé ses névroses, et après une longue dépression dont rien ne semblait pouvoir la tirer, elle s'était jetée contre la clôture électrique du pré aux vaches. Ce souvenir-là, c'était comme un canif planté dans le cœur de Walter. Et puis, sur les treize enfants qu'il avait eus avec Lucile la Danubienne, huit étaient déjà morts, bouillis par le type de la ferme, et mangés ensuite comme du vulgaire maïs.

Quarante-huit enfants morts. À l'idée de ce chiffre, il baissa la tête tant il se sentait accablé.

Avec la chaleur, l'odeur acide du bébé devenait de plus en plus incommodante pour Walter. Rarement il s'était senti aussi mal. La chaleur, les mauvais souvenirs, l'odeur du bébé. Il commençait à ne plus très bien savoir où il en était. Au milieu de tout ça, l'idée de reprendre son entraînement lui vint à l'esprit. Il regarda le bébé. Il se dit que c'était vraiment ça qu'il allait faire. Qu'un bébé c'était mieux qu'un sac de riz ou qu'un tas de feuilles mortes.

Il eut encore une pensée pour Virginie la Névrosée.

Et il commença son entraînement : coup de bec œil gauche, coup de bec œil droit, ergot dans la gorge.

SITUATION INSTABLE
PENCHANT VERS LE MOIS D'AOÛT

C'est dans la jungle que la folie téméraire qui m'avait embrasé quelques années plus tôt m'emporta alors.

Je me débattais avec un maigre contingent d'une dizaine d'hommes en pleine forêt équatoriale, luttant à la fois contre un ennemi invisible n'accusant sa présence que par quelques tirs sporadiques d'armes volées à nos troupes, contre l'humidité qui faisait s'installer une odeur de morgue sous nos vêtements de toile et contre l'interminable grouillance de la vermine qui achevait de faire de ce purgatoire un enfer.

Elle venait sur nous par vagues successives, également affamée de telle ou telle partie de nos chairs : les puces, tics, poux, sangsues ne s'attachaient qu'à notre épiderme et à un peu de notre sang. La gale s'enfonçait plus profond à travers la peau. Et puis venaient les vers, maigrelets et pâlichons, invétérés dévoreurs de tripes, que nous sentions à leurs heures glisser le long de notre appareil digestif : des amibes, des ténias, des ascaris, des trichocéphales, des oxyures, des ankylostomes, que nous soyons atteints de l'un ou l'autre, chacun nous donnait un étrange sentiment où se mêlait l'idée du viol et de la maternité.

Notre supérieur s'appelle Bob, c'est lui qui commande, qui donne les ordres auxquels nous devons obéir. Tâche à laquelle il s'emploie avec une ferveur patriotique grandissante, mettant dans sa voix quelques touchantes intonations héroïques que nous ne pouvons nous empêcher de respecter.

Les copains et moi, on forme un petit groupe de quatre. C'est avec eux que je bois du café, le soir, ou que je m'assieds quand Bob autorise une halte.

D'abord, il y a Jean-Michel, que nous appelons Mich. C'est le plus ancien d'entre nous, c'est lui qui a le plus d'expérience, et lui aussi qui entretient la cohésion de notre groupe. Ensuite Léon, qui supporte très mal la chaleur et les épreuves à cause de l'épaisse couche de graisse dans laquelle une enfance trop gâtée l'a plongé. Et enfin N'Kala, qui a une jolie couleur chocolat très raccord avec le vert sombre de la forêt.

À la vigueur d'hier, qui nous faisait endurer les pires tourments sans broncher, ou plutôt avec une sorte de bravoure remplie de haine envers les éléments, succéda une résignation qui ressemblait en tout point extérieurement à l'héroïsme des premiers temps, mais qui nous serrait les dents et faisait planer sur le groupe le douloureux silence de l'épuisement.

Puis, à la résignation, succéda la grogne qui à chaque pas nous remplissait de haine envers notre chef, contre la pluie épaisse qui nous arrivait en plein visage, contre l'ennemi et la vermine qui semblaient s'être ligués contre nous par Dieu sait quel conciliabule secret. Tout nous poussait à haïr.

L'événement qui pourrait passer comme le plus marquant de cette époque se produisit le sept mars à quatorze heures. Le groupe avançait péniblement au milieu d'un bourbier dont la glaise gluante montait jusqu'aux genoux et lâchait un ridicule bruit de pet chaque fois que nous en extirpions nos bottes, remplissant ainsi l'atmosphère d'une cacophonie scatologique qui ne faisait que certifier que la guerre que nous menions s'engluait de plus en plus profondément dans un gigantesque rectum naturel. Nous avancions donc quand, soudain, une puis deux, puis des dizaines de détonations retentirent. Des hommes à mes côtés tombèrent, d'autres tentèrent une fuite de limace, les pieds sans cesse aspirés par la nappe boueuse.

Les tirs s'arrêtèrent. De nombreux corps gisaient inanimés autour de moi. À première vue, nous ne devions pas être plus d'une dizaine à avoir survécu. Un peu à ma gauche, je vis s'agiter la lourde silhouette de N'Kala, ce qui me fit plaisir.

Une voix retentit de l'endroit d'où avaient été tirés les coups de feu :

– Ici le commandant Luis Emilio Jo. Vous êtes mes prisonniers, lâchez vos armes et mettez vos mains sur la tête.

Les survivants s'exécutèrent tant bien que mal. Des soldats sortirent des broussailles et il y eut un échange d'ordres à la suite duquel cinq d'entre eux vinrent nous extraire de la boue après nous avoir soigneusement désarmés. On nous rassembla sur la terre ferme, ce qui me permit de voir que, outre N'Kala, Mich et Léon s'étaient tirés de la fusillade sans trop de mal. Mich avait la manche droite couverte de sang et se tenait le bras en grimaçant. Comme je le regardais, il me fit un signe de tête signifiant que tout allait bien.

Un homme apparut devant lequel les soldats s'écartèrent en saluant. Il était petit, plutôt gras, et souriait en se frottant les mains, conscient de la bonne affaire qu'il venait de faire avec nous. Je ne pus m'empêcher de le trouver sympathique.

Il s'arrêta devant notre groupe, nous regarda un instant en souriant et dit :

– Je suis Luis Emilio Jo, commandant de l'unité qui vous a faits prisonniers et, par là, votre commandant. J'attends de vous que vous obéissiez à mes ordres et, faute d'ordres, aux règlements que vous trouverez affichés au camp de prisonniers. En attendant, je vous demande de garder le silence et de nous suivre sans opposer de résistance.

Il nous avait parlé lentement et avec clarté malgré son léger accent. Il nous regarda encore un instant, puis nous tourna le dos en lançant un ordre à ses soldats. Nous le suivîmes sous bonne escorte jusqu'au camp qui étirait ses lignes barbelées le long d'un découvert, un camp carré et de taille moyenne, d'une centaine de mètres de côté. À l'intérieur de ce carré, disposés sur quatre rangées de quatre, poussaient une série de petits bunkers en béton. Enfin, derrière eux, s'élevait lourdement un bunker solitaire et volumineux.

Malgré la consigne de silence qui nous avait été donnée, quelques hommes ne purent s'empêcher de laisser échapper des bouffées d'étonnement dont ils payèrent les frais par des coups de crosse sèchement donnés par les soldats.

Nous fûmes répartis dans les petits bunkers. Par d'habiles déplacements durant la répartition, Mich, N'Kala, Léon et moi réussîmes à nous retrouver ensemble.

Je crois que l'intérieur de tous les bunkers devait être identique. Le nôtre n'était éclairé que par un faible néon grésillant, fixé en diagonale au plafond. Il était aéré par une série de trappes minuscules aménagées le long des murs. Un panneau blanc fixé au mur nous informait d'un règlement sommaire quant à l'hygiène de notre prison et au comportement des prisonniers.

Mich, qui perdait beaucoup de sang, dut déchirer un morceau de sa chemise pour en faire un garrot. N'Kala s'était assis dans un coin, accroupi dans la position de fœtus soucieux qu'adoptent fréquemment ceux de sa couleur et semblait vouloir garder le silence, rongé par quelque sombre angoisse.

Léon arpentait la pièce, bougonnant des insultes ou des menaces, ridiculisant sa flasque carcasse de garçon boucher en jurant sur l'honneur une évasion prochaine.

Entre les quatre murs en béton le temps avait du mal à passer, s'il passait encore, comme s'il avait été enfermé pour se morfondre avec nous.

Nous attendîmes en silence.

La cellule commençait à empester l'urine et la merde, quand une trappe s'ouvrit par laquelle glissa une nourriture incertaine que nous mangeâmes sans appétit.

Le premier que les soldats vinrent chercher fut N'Kala. Trois hommes armés entrèrent dans notre cellule, se dirigèrent vers lui et l'entraînèrent au dehors.

Nous ne devions jamais le revoir.

Puis ce fut mon tour.

Je m'étais assoupi dans le terrain rocailleux des rêves lorsqu'une phrase que je ne compris pas résonna au-dessus de ma tête. J'ouvris les yeux et découvris trois soldats debout autour de moi. Ils me firent lever et sortir. Nous traversâmes une partie du camp, passant devant les autres cellules, et nous nous dirigeâmes vers le grand bunker.

Chemin faisant, et malgré l'atmosphère poussiéreuse de la clairière, je profitai comme je pus du soleil et de l'air frais.

Nous contournâmes le bâtiment pour y pénétrer par une petite porte aménagée dans l'un de ses flancs. La pénombre qui régnait à l'intérieur me rendit momentanément aveugle puis, mes yeux s'habituant au nouvel environnement, je pus découvrir l'endroit où l'on m'avait conduit.

Je m'attendais à devoir parcourir d'interminables couloirs et à monter ou descendre des volées d'escaliers, ce qui n'aurait rien eu d'étonnant dans un bâtiment de cette envergure.

Mais, à ma plus grande surprise, je me trouvais dans la pièce la plus vaste qu'il m'ait été donné de voir, de sorte que j'eus la certitude que le bunker était entièrement creux. Au centre de cette pièce immense se tenait assis, derrière une petite table, le commandant Luis Emilio Jo. On me poussa jusqu'à lui et on me fit asseoir. Il saisit un document et commença à me le lire.

– Soldat de l'armée ennemie, vous avez été reconnu coupable de meurtre, de tentative de meurtre et d'attentat contre notre armée libre. En tant qu'engagé volontaire, vous ne bénéficiez d'aucune circonstance atténuante et, en conséquence, aucune grâce et aucun pardon ne vous seront accordés.

Les trois soldats qui se trouvaient dans la pièce rirent en me voyant de plus en plus pâle face à leur chef. D'un geste, Luis Emilio Jo fit retomber le silence.

Il reprit.

– Aucun pardon, aucune grâce... Miguel Maria, apportez le matériel.

L'un des soldats, un homme chétif dont la moustache timide accusait le jeune âge, s'en fut précipitamment, disparut quelques instants dans un coin de la pièce, et revint en poussant devant lui une énorme caisse posée sur quatre roulettes.

Luis Emilio Jo eut un air satisfait. Il fit un geste vers ses soldats.

– Miguel Maria, vous restez avec moi, vous autres, allez-vous-en.

Ils s'en furent.

Le commandant mit debout son corps minuscule et s'approcha de moi, si près que je pus sentir l'odeur de sa transpiration.

Miguel Maria s'affairait autour de la boîte, sortant de lourdes machines ou des objets plus petits qu'il rangeait soigneusement sur le sol.

Luis Emilio Jo me regarda bien en face et répéta :

– Aucun pardon, aucune grâce.

– C'est prêt, commandant, dit Miguel Maria.

Luis Emilio Jo se détourna de moi et se dirigea vers les ustensiles qui gisaient devant lui. Il fouilla du regard et saisit dans le tas deux paires de menottes.

– Tiens-le bien, dit-il à Miguel Maria.

Le jeune homme s'approcha de moi et me fit tomber de mon siège d'un coup de pied. Comme j'essayais de me relever, il m'en décocha un autre dans l'estomac et me maintint sur le ventre en pressant son genou dans le milieu de mon dos.

Je sentis que l'on prenait chacune de mes chevilles dans l'étau d'une menotte. Luis Emilio Jo saisit ensuite mon bras droit et le tira en arrière vers mon pied gauche et l'y attacha avec l'extrémité de la menotte restée libre. Il fit de même avec ma main gauche, forçant ainsi les muscles de mon dos dans une position douloureuse. Un instant, les mains de Miguel Maria me quittèrent. J'entendis des glissements au-dessus de ma tête et le cliquetis d'une chaîne.

Miguel revint, saisit les menottes qui s'entrecroisaient dans mon dos et y attacha quelque chose. Je me sentis soudain tiré vers le haut, de plus en plus fort, jusqu'à quitter le sol et m'élever au-dessus de lui. Ma position était donc celle du fruit suspendu à la branche de l'arbre, mes pieds et mes mains étaient attachés ensemble dans mon dos, Miguel avait passé une chaîne dans les menottes et, à l'aide d'une poulie fixée au plafond, m'avait soulevé à environ un mètre cinquante du sol, autrement dit à la hauteur des yeux de Luis Emilio Jo.

Une douleur atroce me parcourait le corps depuis mes poignets et mes chevilles rongées par l'acier des menottes, jusqu'à mes poumons écrasés par la position anormale de mon corps.

Beaucoup pourront dire que ce qui se passa alors tient de la légende, que la douleur et l'angoisse avaient rongé mon esprit jusqu'à le faire basculer dans la folie. Mais ce serait trop facile, d'ailleurs les événements qui se sont enchaînés jusqu'à aujourd'hui sont la preuve de l'absolue vérité de ce qui va suivre.

Ce qui se passa, ce n'était ni la folie, ni le glissement de ma raison vers Dieu sait quelle fissure cérébrale. Non, c'était une mise en mouvement totale de mon être, emportant avec lui ma tête et ce qu'elle contient comme l'aurait fait n'importe quel voyage.

Le fait est que, de l'insupportable situation suspendue dans laquelle je me trouvais, je me rendis compte que je me tenais soudain assis sur une herbe tiède.

Au-dessus de ma tête, quelques gros nuages s'ourlaient dans le ciel et, devant moi, tout n'était que champs et prairies sur une étendue qui semblait sans limites. Un insecte passa près de mon oreille en bourdonnant, au loin une cloche sonnait midi.

L'étonnement me donna le vertige, je ne pouvais rien faire d'autre que de contempler cette surprenante métamorphose du paysage. Mes doigts s'agitaient nerveusement, grattant vainement l'herbe et la terre à la recherche d'un défaut à la réalité.

Puis, quand par réflexe j'allais me relever, une atroce douleur me parcourut tout le corps et je me retrouvai suspendu comme je l'étais quelques minutes auparavant.

– Fais-le descendre, dit Luis Emilio Jo.

Miguel Maria lâcha la chaîne et je m'écrasai au sol. On me déversa un seau d'eau glacée sur le corps et on me traîna dans un coin en attendant sans doute que je reprenne des forces.

Les réflexions qu'autorisa ce répit me permirent de commencer à entrevoir ce qu'il me fallut des années pour comprendre et maîtriser totalement. Je repassai dans ma tête les événements : d'abord l'angoisse m'avait rongé, ensuite la douleur aiguë, et enfin, comme par magie, un court répit, cinq minutes maximum, où j'avais été accueilli par cette étrange campagne.

Pour comprendre, il me suffit de me rappeler ce que j'avais pu apprendre en quelques années de guerre. J'avais en effet observé de nombreux blessés, certains n'étaient que légèrement brûlés ou mutilés, ils avaient de profondes blessures, mais loin des centres vitaux. Ceux-là pouvaient crier des heures entières en appelant leur mère ou pleurer en vous tenant la main.

D'autres, par contre, ceux qui n'étaient plus que plaies, qui avaient été éventrés, dont un bras ou une jambe avait été coupé, restaient souvent silencieux, dans un étrange état de stupeur qui les faisait se contempler moribonds sans qu'ils poussent un cri. La science avait bien entendu expliqué ce phénomène : passé un certain seuil de douleur, le corps se sature d'endomorphine et devient parfaitement insensible. Le corps est une machine complexe autant que généreuse qui invente les techniques les plus subtiles pour nous éviter tout désagrément. Ce qui est insupportable, ce qui rend fou, ce sur quoi jouent les bourreaux, ce sont les prémisses de la douleur. Ce qui fait vraiment souffrir, c'est la peur de souffrir et l'humiliation d'un corps qui n'est plus son propre maître.

Sous la torture, l'esprit ne commande plus, c'est le corps assiégé qui se révolte et qui délie la langue même si on s'était juré de ne pas parler. Et puis, quand il n'y a pas d'issue possible, il doit chercher en lui-même les ressources aidant à sa fuite. Était-il possible que le mien ait réussi à propulser ma conscience à l'abri de Luis Emilio Jo ? Si tel était le cas, quelles extraordinaires possibilités s'ouvraient devant moi : un corps prêt à vous payer un voyage vers l'inconnu pour vous éviter la souffrance.

C'est non sans impatience que j'attendis le retour de Luis Emilio Jo. Il arriva enfin et me fit me relever. Il me jaugea quelques instants et, manifestement satisfait, lança un ordre à Miguel Maria qui se trouvait derrière lui. Le jeune homme me dirigea vers le milieu de la salle où une maigre lucarne dessinait son auréole de lumière.

Luis Emilio Jo nous rejoignit d'une démarche martiale. Dans sa main droite, il tenait une bouteille qui brilla au soleil.

Un autre ordre. Miguel Maria m'enleva mon pantalon et mon caleçon, me laissant mes chaussures et ma chemise. Luis Emilio déposa la bouteille sur le sol et, à l'aide d'un entonnoir, y versa un liquide qui, à l'odeur, devait être de l'ammoniaque, et un autre liquide que je ne pus identifier. Le mélange se mit à mousser, laissant s'échapper par le goulot une épaisse fumée grise.

Luis Emilio Jo, avec l'aide du jeune Miguel Maria, me fit accroupir au-dessus du goulot de la bouteille puis, poussant sur mes épaules, m'obligea à m'asseoir dessus.

Je criai, je criai sans savoir pourquoi, et mes cris redoublèrent quand Luis Emilio Jo et Miguel s'assirent sur mon dos. Puis j'entendis l'angélus, lointain, maternel, qui semblait me dire d'ouvrir les yeux.

De nouveau les herbes verdoyaient devant moi, et le ciel était bleu, et baignait le soleil. Le bourdon repassa paisiblement près de mon oreille. L'air était clair, je pouvais voir jusqu'à l'horizon le paysage ondulant de merveilleuses collines. Je m'enfouis le visage dans le désordre élastique de l'herbe qui répandit son odeur au plus profond de mes narines.

Tout n'était que calme et puissance, des arbres aux troncs épais enfonçaient leurs racines boudinées vers le cœur de la terre ; haut dans le ciel, des nuages que l'on s'attendait à voir vrombir gonflaient comme des estomacs.

Je sentis le regard de toutes ces choses tourné vers moi, un regard de tendresse et d'amour. Des larmes me vinrent aux yeux et je commençai à pleurer, sentant que je les aimais à mon tour.

Puis l'atroce douleur m'envahit à nouveau.

J'étais étendu sur le sol dur du bunker dans une position tordue, mon ventre semblait en feu.

– Alors, tu as aimé, hein ? fit la voix de Luis Emilio.

Je fus encore torturé à maintes reprises, et chaque fois je faisais le même voyage, et chaque fois j'en revenais. Puis on ne parla plus de la guerre et les survivants purent rentrer au pays.

Avec l'argent de ma solde, j'achetai un appartement avenue Lepoutre. J'eus aussi droit à une retraite d'invalide, de sorte que je pus rester chez moi et me consacrer tout entier à mon hobby.

Aujourd'hui encore, avec un matériel sommaire acheté pour quelques francs dans un magasin de bricolage, je peux à n'importe quel moment de la journée retrouver la quiétude d'un midi à la campagne.

BELLE DU SAIGNEUR

Grégoire avait décidé d'emmener la petite Caroline Lemonseed au restaurant chic de Minnesota Square. Grégoire s'était dit : « Ce soir, je me la fais, cette petite conne. Je vais lui faire le numéro du type qui s'intéresse à ce qu'elle raconte, je vais la faire boire, lui faire croire n'importe quoi, que je suis prêt à me marier, que je l'aime depuis toujours, que je ne peux pas vivre sans elle. N'importe quel baratin pourvu que je me la fasse. »

Grégoire était un type de 35 ans, brun, plutôt petit, plutôt enveloppé, avec un visage d'acteur américain dont il était fier. Il travaillait dans une boîte comme Consultant Manager, s'habillait dans des boutiques à la mode, avait au poignet une imitation de montre suisse, buvait des Bacardi-Coca, était abonné à des magazines pour homme, aimait le mot « performant », le mot « professionnel », le mot « brainstorming », le mot « debriefing » et le mot « baiser », chose qu'il ne faisait d'ailleurs pas très souvent.

Il s'était mis à avoir des douleurs à la prostate. Le médecin lui avait demandé :

– Est-ce que vous évacuez ?

– Évacuer ? avait dit Grégoire.

– Je veux dire : est-ce que vous avez une petite amie avec qui vous faites l'amour ? fit le médecin d'un air concentré.

– Heu, non. Pas pour l'instant.

– Est-ce que vous pratiquez la masturbation ? demanda alors le médecin.

– Je ne suis pas là pour faire un briefing de ma vie sexuelle. Mais si vous voulez une réponse, sachez que j'essaie d'être performant dans mon travail. Je suis un professionnel et je n'ai pas beaucoup de temps pour le reste.

Le médecin lui avait alors expliqué que la stagnation des fluides risquait de conduire à une obturation des canaux qui l'obligerait à avoir recours à la chirurgie.

Grégoire, pour une raison obscure remontant à son enfance, ne supportait pas l'idée de se masturber et ne voulait pas avoir recours à une professionnelle par crainte de la maladie (il pensait : « Le préservatif ne sert à rien, le gouvernement a inventé ce truc pour nous rassurer, mais il nous ment comme toujours. »). Il se mit donc en quête d'une jeune fille qui pourrait l'aider à régler ses problèmes de santé.

I

Minitrip était bien contente d'avoir un petit flingue de calibre 38 dans son sac à main. Ce petit flingue la suivait depuis longtemps. Et pendant tout le temps qu'elle l'avait eu avec elle, ce petit flingue lui était souvent apparu comme le vaccin qui la protégeait de tout ce qui pouvait s'attraper quand on se promène seule. Ça, c'est une première chose.

La seconde chose, c'est que, depuis le début de la journée, Minitrip s'enfonçait de plus en plus profondément dans la campagne anglaise, suivant avec sa voiture une route sinueuse qui sentait la pluie et l'herbe coupée à ras. Il faisait un temps pour chien de berger, les moutons qu'elle avait croisés s'étaient rangés en troupeaux serrés, grelottant de toute leur laine humide, et les oiseaux noirs qui peuplaient la région se tenaient à carreau, perchés sur les branches glissantes des arbres, regardant l'eau tomber en rêvant qu'ils étaient des loutres ou des phoques des Shetlands. Mais ce temps pourri, Minitrip l'aimait bien. Elle trouvait que le gris du ciel se mariait très bien avec le vert sombre des pelouses car c'étaient les couleurs de l'oxyde de cuivre. Et que ces couleurs étaient celles qu'elle préférait.

Minitrip avait déjà fait un sacré bout de chemin. Elle voyageait depuis plusieurs jours. Et si elle voyageait comme ça, c'était qu'elle aimait les grands spectacles et que des grands spectacles, ces jours-là, la campagne anglaise lui en offrait une série comme les véritables amateurs n'en ont que rarement dans leur vie : les Anglais avaient dû se résoudre, sous la pression d'autres pays, à abattre une bonne partie de leur cheptel bovin, dont on soupçonnait qu'il fût porteur d'un virus qui le rendait dingue et qui était mortel pour l'homme. Trois millions de vaches cinglées devaient donc être abattues dans les délais les plus brefs et Minitrip sillonnait la région afin d'assister à ces exécutions massives et d'en prendre, si la lumière le permettait, quelques photos qui lui serviraient de souvenirs.

Les techniques d'abattage massif variaient d'un éleveur à l'autre. Par exemple, certains, équipés par l'armée, se débarrassaient de leurs vaches à la mitrailleuse. Mais c'était long, coûteux et terriblement bruyant. D'autres tentaient de les faire brûler en les arrosant d'essence, méthode qui s'était rapidement révélée risquée car les vaches enflammées, pareilles à des châtaignes qu'on aurait voulu faire cuire, filaient avant de mourir dans toutes sortes de directions et à toute vitesse, provoquant sur leur passage un grand nombre d'incendies. La meilleure des méthodes semblait avoir été mise au point par les fermiers de l'Est. Ils parquaient une centaine de vaches dans un trou creusé au tracteur et y faisaient sauter des charges de dynamite placées dans le fond, envoyant voler dans les airs cornes, sabots et museaux humides comme des grains de maïs soufflés.

Minitrip, durant la journée, avait assisté à plusieurs opérations de ce genre. Elle avait été tellement impressionnée que, dans le ciel rougeoyant du crépuscule qui s'étendait maintenant sur la campagne, elle croyait voir des taches que le sang des vaches cinglées y aurait fait ces dernières heures.

II

Caroline Lemonseed avait toujours attiré l'attention de Grégoire. Elle n'était ni spécialement jolie, ni spécialement sexy, mais elle lui rappelait confusément Jessica, la petite amie de Logan dans la série *L'Âge de cristal* qu'il regardait quand il était petit.

Caroline travaillait huit heures par jour sur les ordinateurs du niveau 4. Ce travail lui donnait une drôle d'expression de sardine morte, les yeux gonflés, légèrement voilés par le rayonnement ultraviolet des écrans.

Grégoire ne savait pas du tout comment faire pour parvenir à ses fins. Il s'arrangeait pour la croiser dans l'ascenseur, pour passer devant sa porte et lui faire un signe de la main, pour s'asseoir à côté d'elle dans la petite cafétéria enfumée. Selon ses critères, les choses évoluaient bien. Le coefficient output-ratio de ses avances suivait une courbe ascendante, la ventilation de ses rencontres avec elle était optimum, il gérait ses sourires à flux tendus et ses plaisanteries légères selon le principe des marges moyennes et supérieures.

Finalement, il l'avait invitée et elle avait accepté sans avoir l'air surpris.

III

La voiture de Minitrip tomba en panne au croisement des routes menant soit vers Little Jump soit vers Morgan Sister. Être en panne, à la tombée du soir, par un temps aussi mauvais et dans un endroit aussi désert, ça ne plaisait guère à Minitrip. Quand elle sortit de la voiture, elle remarqua que l'air, en plus des odeurs d'herbe et de pluie, s'était chargé d'une odeur de viande brûlée, de poudre explosive et de lait caillé. Toutes ces odeurs faisaient un drôle de mélange qu'elle n'aimait pas. Après avoir pataugé dans la boue, elle dut se rendre à l'évidence qu'elle ne comprenait rien aux moteurs et elle remonta, toute trempée, dans la voiture, se disant que quelqu'un finirait bien par passer.

IV

Caroline Lemonseed, comme Grégoire, avait eu une enfance difficile où son psychisme avait récolté nombre de phobies et d'obsessions plus ou moins exotiques. Parmi les phobies, il y avait celle de la saleté sous toutes ses formes, celle des matières fécales, de la viande saignante qui la faisait vomir, et celle des légumes non cuits qui transmettaient la douve du foie. Au milieu de ces phobies, poussaient, pareilles à des herbes folles dans une décharge publique, des obsessions que Caroline tenait cachées au plus profond d'elle-même. D'abord, Caroline aimait les hommes de couleur. Que l'on soit grand ou petit, mince ou gras, malin ou à moitié débile, quiconque avait la peau mate lui faisait envie. Ensuite, Caroline n'aimait pas que l'on soit trop gentil avec elle. Elle aimait même que l'on soit carrément méchant. Voire cruel. Elle ne savait absolument pas pourquoi elle était comme ça. Ses envies de souffrances l'effrayaient parfois, mais prenaient toujours le dessus sur sa volonté. Elle se repassait souvent les enregistrements d'*Angélique marquise des anges* et se rêvait violée par des pirates, des émirs, des tsars, des califes, des ministres, des lieutenants, des cardinaux, et même des papes si possible.

Alors, quand Grégoire lui proposa de l'inviter au restaurant, elle ne put refuser. Il était propre, son teint bronzé lui rappelait celui du Rescator, et elle percevait dans sa voix les accents coupants d'une lame en acier inoxydable.

V

Minitrip se passait du rouge sur les ongles et la bouche et du noir sur le dessus de ses yeux quand elle entendit distinctement, à travers le bruit saccadé de la pluie, un moteur qui s'approchait. Il faisait complètement noir à présent. Minitrip sortit et se mit à faire des signes en direction des phares qui approchaient.

Un gros camion puant la vache morte s'arrêta devant elle. Sur l'un des côtés, elle put lire en let-tres orange *Smith : viandes et produit laitiers*. Un grand type en salopette et bottes en caoutchouc en descendit.

– En panne ? demanda le type.

Minitrip dit que oui et que ce serait vraiment bien s'il pouvait la déposer en ville pour qu'elle puisse appeler un dépanneur.

– Très mauvais temps, continua le type. Aujourd'hui, j'ai tué quatre cents vaches. Très mauvais pour les affaires. Tout est fichu. La vie est un seau d'eau sale…

Minitrip ne comprit pas très bien pourquoi le grand type lui disait tout ça. Alors, encore une fois, très doucement et très gentiment, comme si elle avait parlé à un petit chat, elle lui répéta qu'elle était en panne et lui redemanda s'il pouvait la déposer en ville. En parlant, elle remarqua que le type la regardait d'un drôle d'air et s'approchait d'elle lentement. Minitrip commençait à regretter d'avoir mis du rouge sur ses ongles et sa bouche, et du noir sur le dessus de ses yeux. Le type finit par se trouver tout près d'elle. Comme son camion, il sentait la sueur et la vache morte. Ses yeux reflétaient la grande lassitude d'un père en train de massacrer toute sa famille. Il saisit l'épaule de Minitrip qu'il serra beaucoup trop fort et la tira vers lui avec une respiration d'ours polaire.

VI

Grégoire se disait qu'il fallait que Caroline boive beaucoup et par conséquent qu'elle commence le plus tôt possible. À peine arrivé au restaurant Grégoire commanda deux apéritifs. Quand Caroline serait à point, il commencerait à lui parler d'amour, de mariage ou de n'importe quoi pourvu que la jeune fille réagisse.

– Vous savez que, dans l'Antiquité, un bourreau ne pouvait pas exécuter les filles si elles étaient vierges ? dit Caroline.

– Non, je ne savais pas.

– Le bourreau était forcé de les violer avant de leur couper la tête. C'est dingue, non ? continua-t-elle en rougissant un peu.

– Une sacrée performance pour ce type ! Un vrai professionnel ! fit Grégoire.

– À l'époque, le viol était monnaie courante. Des généraux ont fait violer des femmes par leurs soldats jusqu'à ce qu'elles en meurent. Vous imaginez ces femmes, se faisant violer par un type alors qu'une centaine d'autres sont en train d'attendre derrière lui ? Des soldats qui vous violent à n'en plus finir. Un soldat, encore un soldat, encore et encore, pendant des heures et des heures...

– Ce n'est pas très hygiénique, fit-il, un peu surpris du tour que prenait la conversation.

VII

Minitrip se rappela qu'elle avait un petit calibre 38 dans son sac à main. D'un geste vif, elle s'en saisit, posa le canon contre la poitrine du grand type et pressa sur la détente. Le type fit un bruit de chauffe-eau, la regarda avec ses yeux de père meurtrier et s'écroula face en avant. Minitrip était terrorisée. Rapidement cependant, elle reprit ses esprits et décida qu'il fallait aller chercher de l'aide.

Sous une pluie battante, et dans l'air opaque de la nuit tombée, elle prit la route de Little Jump. Elle marcha près de deux heures. Ses vêtements trempés pesaient des tonnes et se collaient contre elle comme des compresses. Ses pieds, au fond de ses chaussures à talons, baignaient dans deux petites mares frigorifiantes.

Finalement, elle aperçut une lumière. La première maison du village, tordue comme un bâton de réglisse et que le mauvais temps semblait vouloir dissoudre. La personne qui ouvrit était une vieille dame qui s'étonna de voir une jeune fille, aux allures de Barbie noyée, la déranger à cette heure de la soirée. Devant ses yeux rougis par les larmes, son maquillage fondu et ses épaules tremblantes, la vieille dame s'émut et fit entrer Minitrip. Elle reçut une tasse de thé à la cannelle qui lui fit du bien. Elle se réchauffa près d'un poêle diffusant une confortable chaleur et, après un moment, elle expliqua tout ce qui lui était arrivé.

À l'histoire de Minitrip, la vieille dame réagit par des expressions horrifiées et déclara qu'on devait retourner sur les lieux pour voir dans quel état était le type. Elle se dirigea vers le téléphone et appela deux de ses petits-fils et trois de ses cousins pour qu'ils les rejoignent au fameux croisement.

La vieille dame fit monter Minitrip dans une voiture aux sièges ridés, couverts de poils de chien, de traces de pattes et de petites morsures. Elle conduisait à toute vitesse, penchée vers le pare-brise comme si il y avait eu quelque chose d'important écrit dessus en tout petit, et elle arriva au croisement en quelques minutes.

Le camion du type était encore là. Il apparut dans la lumière des phares, penchant légèrement sur le bas-côté avec un air de cachalot mort. La vieille s'arrêta, sortit de la voiture et trottina vers lui. Minitrip sortit à son tour. Elle remarqua avec satisfaction qu'il avait cessé de pleuvoir et que toute l'eau qui avait coulé ces dernières heures avait rincé une partie des odeurs des massacres de la journée. Seule subsistait une légère odeur d'urine qu'un vent paresseux se chargeait de répandre dans l'atmosphère.

– Alors ? demanda-t-elle.

La vieille dame se retourna. Sur son visage, Minitrip ne vit plus la moindre trace de compassion. Juste de l'horreur. De l'horreur et de la haine. La petite vieille, avec une rapidité stupéfiante, courut vers Minitrip et se jeta à son cou avec tant de force qu'elles faillirent perdre l'équilibre. Entre deux coups de griffes et deux coups de dents, elle parvint à entendre :

– Espèce de conne. Tu as tué Spencer, tu as tué mon fils. Je vais te faire la peau, dit la vieille parmi d'autres trucs que Minitrip ne comprit pas mais qui semblaient hostiles et qui puaient la mort. Encore une fois, elle se rappela le petit calibre 38.

VIII

Carole, malgré les conseils de Grégoire, ne voulait pas prendre les côtes de veau à l'ancienne en suggestion. Elle avait déjà beaucoup bu et ne se sentait pas très bien. En plus, elle était fatiguée d'avoir tellement parlé. Le viol de Marguerite de Navarre par le duc d'Auvergne, la flagellation d'Isabelle de Castille, la strangulation des nonnes du couvent Sainte-Béatrice par des Sarrasins ivres de rage, la sœur du roi contrainte à la prostitution par son frère, les prisons pour femmes d'Amérique centrale, les esclaves sexuelles d'Extrême-Orient, Caroline lui avait raconté toutes ces histoires et n'avait envie que du petit potage aux pleurotes.

Grégoire savait que si Caroline se contentait du potage aux pleurotes, elle ne prendrait pas le vin du mois accompagnant les côtes de veau, elle risquait même de cesser de boire.

– Mais les côtes de veau sont délicieuses ici.

– Non, vraiment, un potage ce sera bien.

Grégoire, tenaillé par la frousse d'obturation des canaux, sentait qu'il s'énervait.

– Bon sang. On n'a pas fait tout ce chemin pour un malheureux potage ! Prenez les côtes d'agneau et arrêtez de faire l'idiote, fit-il sèchement.

Qu'on lui parle sur ce ton fit un drôle d'effet à Caroline. Elle était prisonnière d'un homme brutal et jaloux lui faisant subir mille humiliations, et il n'y avait aucune issue.

Malgré son dégoût, les yeux brillant d'une étrange lueur, elle finit par accepter. Grégoire commanda une bouteille de vin du mois.

IX

Pour le corps fragile de la vieille femme, l'impact de la balle fut très violent, l'envoyant valser à plusieurs mètres, vers un fossé où elle s'effondra sans un bruit. Le vent chargé d'urine eut un spasme et, l'espace d'une seconde, l'odeur devint gênante.

Minitrip commençait tout doucement à en avoir marre. Elle remarqua une légère lueur rose qui colorait la partie est du ciel. De dessous la campagne se hissait un soleil hagard, et elle se rendit compte que presque toute une nuit était passée depuis qu'elle était tombée en panne.

Elle regarda le camion penché du grand type, le petit tas sombre que faisait le corps de la vieille dame dans le fossé, et elle eut soudain envie de pleurer. Elle décida de prendre la voiture et de se rendre en ville pour voir si elle pouvait trouver de l'aide. Avec satisfaction, elle vit que les clés étaient restées sur le contact et elle démarra. Minitrip n'avait pas fait dix mètres que trois voitures arrivèrent en trombe et lui bloquèrent la route.

Elle s'arrêta, une grande fatigue l'envahissant comme l'aurait fait un accès de fièvre. Quand elle descendit, cinq types lui firent face. Elle se rappela le coup de téléphone de la vieille à ses deux petits-fils et à ses trois cousins, et elle frissonna. Ils avaient tous de drôles de têtes de cinglés, des regards fatigués de types ruinés par le manque de chance et des salopettes maculées de taches diverses. Deux d'entre eux, portant des M-16 en bandoulière, devaient être des adeptes de la méthode des éleveurs de l'Ouest. Minitrip entendit le bruit sourd des explosions. Le massacre recommençait.

Un des types alla jusqu'au camion, vit le corps de Spencer ainsi que celui de la vieille, et revint en courant. Il dit quelque chose au petit groupe dont les têtes se tournèrent vers Minitrip.

– Alors, on essaye de piquer les voitures des vieilles dames ? dit l'un des types.

Elle se rendit compte qu'il était inutile d'essayer d'expliquer quoi que ce soit.

– On va t'arracher la tête et te chier dans le cou, dit un des types au M-16.

– Elle doit bien peser dans les cinquante kilos, fit un autre.

– Oh ! largement. Tu vas voir, ma jolie, il n'y aura pas de gâchis.

Elle se demanda vaguement ce qu'elle allait pouvoir faire avec son petit 38. Une explosion plus proche la fit sursauter. Dans sa bouche sa salive prit un goût de poudre à lessiver. Les cinq bouchers la regardaient avec des yeux professionnels.

ÉPILOGUE

Le garçon apporta les côtes d'agneau à Caroline qui eut un haut-le-cœur à la simple vue de toute cette viande saignante. Mais Grégoire lui avait ordonné de manger et elle mangerait, elle n'avait pas le choix.

Grégoire avait renoncé à parler amour ou mariage, tout comme il avait également renoncé à faire des promesses. Tout ça, il le sentait bien, n'allait pas être nécessaire. L'état de Caroline le troublait énormément. Comme un explosif à l'état instable qu'on ne doit ni chauffer ni agiter. Elle commença à manger.

– Alors, elle est comment cette viande ?

– Tendre, très tendre, répondit-elle.

Grégoire sourit. Il se dit que même en matière de séduction, il était performant.

– J'avais bien dit qu'elle était exceptionnelle ici.

Caroline hocha la tête.

LE MONDE ROUGE VIF DES HOMMES SANS TÊTE

I. Martine

J'aimais Martine comme un homme peut aimer une jolie femme dont il connaît les secrets.

J'étais heureux.

Je savais que, la nuit, elle rêvait qu'elle était un poisson, je savais qu'elle n'aimait pas les gens et qu'elle dessinait des animaux sauvages quand elle était seule.

Elle me les montrait parfois : un tigre à l'encre bleue, un singe aux grands yeux, une drôle de créature qu'elle voulait me faire prendre pour une girafe.

Je savais qu'elle aimait les douches, qu'elle aimait la forêt, mais aussi qu'elle n'aimait pas voyager.

Alors, depuis deux ans que je la connaissais, nous n'étions jamais partis, même pas un week-end, et nous n'étions jamais sortis.

On se contentait de rester dans mon appartement où elle me rejoignait le soir après son travail.

Martine n'aime pas que je me précipite. Quand elle arrive chez moi, elle s'installe à table en regardant autour d'elle, ou bien elle s'allonge sur le lit, sa petite jupe rouge jurant adorablement avec le couvre-lit.

Et puis elle commence à me parler, de tout, de rien, sa voix fait un petit bruit continu et paisible que j'écoute toujours avec plaisir.

– ...Il m'a dit qu'à Noël il ouvrirait un nouveau magasin, enfin un peu avant pour être prêt pour les fêtes. Il a intérêt à se mettre à chercher maintenant sinon il n'aura jamais le temps de tout installer...

Elle parle et je l'écoute tout en réglant avec minutie le moment où je me rapprocherai.

Pendant ce temps, elle se pose un peu partout dans l'appartement, en s'arrêtant devant des objets qu'elle connaît pour leur jeter des regards distraits.

– Je vais prendre une douche.

Et elle se dirige vers la salle de bains. J'entends le flop rouge que fait sa jupe en tombant sur le carrelage et puis le jet de la douche.

Elle sort toute nue et s'allonge sur le lit, sur le ventre. Je la rejoins et la devine souriante.

– Tu es un animal, un nours, tu es mon gros nours qui grogne.

Et une fois dans Martine, le gros nours avait des visions d'infini.

J'avais connu d'autres filles avant elle, que je croyais aimer et dont je connaissais aussi des secrets.

Carine qui rêvait de châteaux.

Sophie qui dormait à gauche.

Anne qui ne dormait pas.

Quelquefois des images me revenaient la nuit : une petite jupe rouge assise au bord du lit, une petite jupe rouge sur le sol carrelé de la salle de bains, deux mocassins chétifs jetés l'un dans un coin et l'autre dans l'autre, des images des autres filles, et je voyais un défilé de petites jupes devant mes yeux, un étrange arc-en-ciel acrylique à cheval entre le lit et la douche.

Le matin.

Martine se réveille toujours la première, son sommeil féminin est plus léger que le mien, il suffit d'un rien pour le briser en mille morceaux. Alors, quand je me réveille, elle est à table, à feuilleter un journal de grand magasin ou à relire l'étiquette du café soluble.

Je me lève, je vais dans la salle de bains, et puis je reviens et je m'assieds en face d'elle.

L'après-midi.

Martine est vendeuse au rayon demoiselles dans un grand magasin chic du haut de la ville, elle y passe ses journées entourée de tissus et de parfums capiteux, conseillant Orient de Cardin pour les grandes occasions.

Moi je ne fais rien, j'ai suffisamment d'argent de côté pour ne pas devoir travailler. Je traîne à gauche à droite, je lis, je vais au cinéma profiter des salles vides de l'après-midi, je change les draps, j'écoute un disque, je relis. J'attends le soir et les hallucinations.

La jalousie.

Je n'aime pas laisser ma petite libellule virevolter seule sous les sunlights, j'ai toujours peur qu'elle revienne un jour avec des morceaux brûlés, elle aime trop la lumière. La lumière et la lumière des garçons. Beaucoup la trouvent jolie, alors elle, en retour, elle se fait jolie et tous les mecs lui tournent autour, les plus timides se contentant de lui sourire. Quelquefois, elle m'en parle, elle me dit qu'elle ne peut quand même pas devenir moche ou qu'elle ne peut pas envoyer promener des gens simplement parce qu'ils sont gentils avec elle. Martine aime l'amour, il lui en faut beaucoup, sinon elle se fane. Alors moi, je lui en donne tant que je peux pour ne pas l'obliger à en chercher ailleurs.

Moi.

Je suis un peu du genre dingue qui fait tout pour le cacher. Pas une folie encombrante, non, une petite démence tout en discrétion jouant ses drames à l'intérieur.

« Tu es trop sensible », me dit souvent Martine. Et à mon avis, ça doit être ça la source, je suis sensible, la moindre petite histoire me brise le cœur ou me rend fou de joie. Ma tête se remplit peu à peu de boulettes de papier mâché ou du vieux pain des vieilles histoires. Je cicatrise mal. En fait je suis en train de me balader sur un fil, un coup de vent et je plonge. De toute façon, au jour le jour, je ne m'en tire pas trop mal et je continue à imiter mes frères humains, parfois mal, pour pouvoir vivre tranquille.

Tout était donc bien, mais ça a fini par arriver, le petit drame, la petite tempête dans un verre d'eau, et vlan, voilà le gars qui était sur le fil qui se prend une gamelle et qui tombe en plein sur le point de la carte qui s'appelle enfer.

Voilà pourquoi…

II. Je découvre

Martine aime l'actualité lingère et tout ce qui s'y rapporte. Depuis que je la connais, elle a toujours feuilleté les revues-jupons avec une inquiétante passion que je n'ai jamais très bien comprise. Dernièrement, elle s'est même abonnée et elle reçoit chaque quinzaine un épais volume sur lequel elle se jette aussitôt. Ce matin, elle était à peine sortie que la revue arrivait.

Je déchirai le papier d'emballage et me mis à tourner les pages. Ces photographies me plaisaient, tout le plus joli monde du monde des mesdemoiselles s'y collectionnait sur le papier glacé.

Une mademoiselle chromée sur fond studio.

Extérieur jour, fond marin avec mademoiselle ambre solaire. Je me promis de poser la question à Martine le soir même, pour la faire rire : « Et sans toutes ces filles, qu'est-ce qu'on ferait ? »

Martine arriva à sept heures avec l'agitation du grand magasin, de la rue, et la fraîcheur du dehors qui lui collait au visage.

La soirée se passa bien et on se retrouva au lit plus tôt que d'habitude.

– Je me suis posé une question aujourd'hui, j'ai fini par lui dire.

– Moi aussi, ça m'arrive.

– Je me suis demandé ce qu'on ferait s'il n'y avait pas de femmes.

– Ça, c'est une bonne question, dit Martine sans comprendre l'importance que j'attachais à la réponse.

– Imagine que d'un seul coup toutes les femmes disparaissent, psschit, je me réveille demain matin, tu n'es plus à côté de moi, je me saisis, je me demande pourquoi tu es partie si tôt sans me dire au revoir, je vais dans la rue, rien que des types qui cherchent où sont passées leurs femmes, partout c'est la même chose, des millions d'Américains, des milliards de Chintocs en train de s'apercevoir qu'ils vont virer pédés. Qu'est-ce que les mecs feraient sans les femmes ? Faudrait qu'on s'organise, qu'on trouve comment en fabriquer…

– Sans les femmes, vous ne feriez rien, m'interrompit-elle.

Quelque chose se vexa dans mon for intérieur.

Martine continuait.

– Est-ce qu'un seul de ces types dans la rue continuerait à aller travailler tous les jours alors qu'il n'y a plus la moindre grenouille à séduire, même le pouvoir et le pognon ça ne serait plus intéressant s'il n'y avait plus le regard des filles. En une semaine, même le prince charmant ne se brosserait plus les dents et jouerait aux osselets avec ses copains universitaires.

Puis elle se retourna vers moi en souriant, elle posa sa tête sur ma poitrine et commença à jouer avec mon bas-ventre. Quand je sentis le bout de sa langue s'agiter au septentrion, je sus que si je fermais les yeux je verrais la Terre depuis Bételgeuse mon étoile. Je la vis tourner, d'ailleurs, toute bleue et blanche dans un espace poudré par les étoiles.

Le lendemain, j'ai repensé à ce que m'a dit Martine. Et plus j'y pensais plus je me disais qu'elle avait raison : sans les femmes, on ne ferait rien, ni le boulot ni les sorties le soir, ni la guerre, ni le sport ni la culture. On ne parlerait de rien avec les copains, il ne servirait à rien de se faire beau, ni d'être riche ou intelligent, parce que à quoi bon…

Si les femmes venaient à disparaître, tout s'écroulerait en quelques semaines, l'industrie, l'armée, la politique. Tous les Jules et Jim du monde redeviendraient des chiens errants, et pas des chiens féroces, non, de sales petits chiens de bord d'autoroute sans collier ni médaille, entubant les parcmètres sans comprendre où est passée la lune.

L'événement se passa le lendemain. Vers deux ou trois heures, je passais l'aspirateur en regardant la télévision d'un œil distrait quand soudain un éclair se fit dans ma tête et je compris : les femmes n'existent pas, quelque chose nous a été envoyé d'ailleurs.

III. Je comprends

Depuis quelque temps je ne regarde plus Martine de la même façon. Elle ne s'aperçoit de rien, évidemment, je fais attention. En apparence, je suis toujours le même, mais je ne me sens plus à l'aise avec elle. J'ai d'abord cru que ça passerait, que je finirais par oublier ce qui m'était passé dans la tête et que tout rentrerait dans l'ordre. Mais ça ne m'est pas passé, au contraire, ça m'est resté là, bien collé, bien présent, sans que je puisse rien faire d'autre que d'y penser et d'y penser encore.

Tout, désormais, m'apparaît comme le résultat d'une horrible machination.

Hier, j'ai fait un test. Je me suis déshabillé et je me suis mis à quatre pattes au pied de mon lit, j'ai attendu un peu, puis je me suis remis debout, puis de nouveau à quatre pattes. Pas de doute possible, je me sentais mieux à quatre pattes, comme un animal. J'ai même essayé de grogner, mais là, le résultat ne me parut pas aussi probant.

Des mots me sont revenus en tête : les hommes sont des bêtes, des brutes, disait parfois Martine en me parlant de ses malheureuses amies. Et je l'approuvais, un peu honteux d'être moi-même.

Aujourd'hui, Martine m'a fait comprendre malgré elle la vérité sur la nature humaine. Il faut que l'homme brûle.

Les femmes furent envoyées parmi les hommes sauvages pour éteindre leur feu brutal et leur donner en échange le brasier de l'amour et du sexe. Et les hommes qui avaient été des démons se consumèrent pour des briques et un peu de papier monnaie.

En découvrant que les femmes n'existaient pas, j'ai redécouvert que les hommes avaient été autrefois des sauvages.

Toutes les guerres sont des affaires d'hommes.

Tous les crimes sont des affaires d'hommes.

Et dès qu'il s'agit de crier, de frapper, de se battre, il est là, plein de la merveilleuse barbarie que lui cachent à toutes les heures de la journée sa femme et ses enfants.

J'ai eu envie de monter nu à dos d'éléphant, dans la jungle, et de brûler avec le soleil toutes les cathédrales et tous les clochers et toutes les Saintes-Vierges postées dans les églises.

J'ai eu envie de monter dans une voiture à destination d'un bateau qui ira sur la mer et de cracher sur les vagues car, sous les vagues, il y a des sirènes endormies.

J'ai eu envie de manger de la chair humaine, et les poumons et les cœurs de mes cousins militaires.

Et ma monture, mon Dumbo gris comme l'écume, me conduira d'un pas lourd au cimetière des éléphants.

En découvrant tout ça, j'ai bien failli sombrer. J'ai vidé toute une bouteille de bistouille et je suis sorti de l'appartement. Dans la rue, je grognais et montrais les dents tandis que dans ma tête passaient à toute vitesse des images d'holocauste, de tueries et de Saint-Barthélemy écarlates.

J'ai été arrêté dans un grand magasin, les flics m'ont dit plus tard que j'ameutais tout le monde en insultant les serviettes hygiéniques. J'ai passé la journée au poste, le temps de cuver, et puis ils m'ont laissé repartir. Heureusement, je suis arrivé avant Martine et elle n'a rien su.

J'ai décidé de mettre à profit ma proximité avec elle pour mieux comprendre la réalité pratique de la machine féminine.

À sept heures, elle est arrivée. Elle m'a trouvé mauvaise mine, et je lui ai répondu que j'avais été malade tout l'après-midi.

Pendant qu'elle se douchait, je me suis mis à analyser ce qui se passait. Dès qu'elle était rentrée, j'avais eu envie de la prendre dans mes bras et de l'embrasser, puis en quelques minutes, après avoir un peu parlé, j'ai eu envie de mettre dedans.

C'était suivant ce principe que j'avais toujours vécu mes moments avec elle. Principe simple et général qui présidait depuis deux ans à notre relation.

On a regardé un peu la télévision. Je la tenais par les épaules. Elle avait appuyé sa tête contre ma poitrine.

– On éteint ? elle a demandé.

Comme je ne savais pas si elle parlait de la télévision ou de la lumière, j'ai éteint les deux. Nous sommes restés quelques instants dans le noir, puis je me suis levé en l'entraînant vers le lit où elle s'allongea toute seule.

Je m'allongeai près d'elle.

Aussitôt, elle enroula ses jambes autour de moi et commença à se tortiller. Je sentais qu'il fallait que je me mette dedans, quelque chose entre ses hanches était vide et il fallait que je remplisse.

Je jouai un peu avec ses seins, avec son nombril, avec l'humide chiendent des Pays-Bas, la laissant plein Sud toute à ses rêves aquatiques.

Puis l'appel se fit plus pressant, dans son ventre le vide avait grandi, il devenait énorme, la différence de pression entre la chambre et le ventre de Martine était dangereusement élevée, il risquait de bientôt tout aspirer dans son intérieur.

Martine respirait plus fort, son cou perlait de sueur.

Les murs de la chambre disparurent, révélant l'obscurité qui se trouvait derrière, les meubles disparurent, le sol disparut.

L'espace était en train de basculer.

Martine soupirait.

Je me mis dedans et rétablis l'équilibre.

Tout revint à sa place, les quatre murs en angle, le sol et le plafond. Elle soupira encore. Dedans des choses se serraient et se desserraient brusquement.

Quelque chose finit par céder.

Elle se détendit et resta un moment abandonnée.

Une brise légère caressa l'éther, et moi, papillon de la nuit, je voyageais au-dessus du vide infini du ventre de Martine.

Elle a mangé sans moi, ce matin. J'avais vraiment pas envie de me lever, alors elle n'a pas insisté. Dans un demi-sommeil, je l'ai écoutée se faire du café et beurrer une biscotte ou deux.

La porte s'est ouverte, fermée. Elle était sortie.

Je me levai à mon tour et ramassai dans le creux de la main quelques miettes qui traînaient sur la table. Je pris un nouveau paquet de café dans l'armoire, un paquet sous vide qui fit pchhhht quand je l'ouvris.

La nature a horreur du vide.

Je comprenais, j'avais compris cette nuit. L'élément essentiel du fonctionnement féminin était cette charge de vide placée comme un appendice, comme un organe, au fond du ventre. Charge placée de toute évidence de force sur la nature qui en a horreur.

Il est désormais de plus en plus évident qu'un cerveau monstrueux s'est acquis le cœur des hommes en leur envoyant des Martine vides au niveau des hanches.

La pauvre bête homme, Dédé ou Hermès, s'affole, et il lui pousse entre les cuisses un ridicule pain au lait, un pathétique porte-flambeau juste bon à ne pas faire penser à l'élégance des quadrupèdes ou au bien-être de nos cousins gibbons. Car enfin, pourquoi faut-il que le sexe de l'homme soit le plus grand et le moins pratique de tous les sexes de toute la faune animale, si ce n'est par réaction spontanée face au vide dont la femme est porteuse ?

Je passai la matinée à ruminer. Pas envie de lire, pas envie d'allumer la télévision et pas assez fatigué pour pouvoir dormir. Je ruminais des pensées qui, à force de revenir et de revenir dans ma tête, devenaient flasques et sentaient mauvais. Comme l'herbe cent fois mâchée des ruminants.

Dans l'après-midi, je finis par sortir, j'avais faim et n'osais plus aller au supermarché où j'avais fait scandale. Je dus me taper une sacrée trotte avant d'en trouver un autre.

Dans la rue, quand je marchais, je sentais mon borgne contre ma cuisse, écrasé comme un oiseau de malheur. Et c'était pareil pour tous les types qui me croisaient, leur bazar et leurs deux bidules digérant le yaourt derrière les sous-vêts en coton, se préparant au soir et aux assauts du vide.

Était-ce la faim ou l'air pimenté de la ville, mais les rues m'apparurent soudain comme une armée de troufions partant au front sans casques ni fusils pour le plaisir d'une infâme basse-cour.

J'achetai des fruits et un couteau à viande. J'étais bien décidé à en finir.

De retour chez moi, je mangeai une pomme, puis deux. Puis je me suis déshabillé et je suis allé dans la cuisine. J'ai pris le couteau dans la main droite et j'ai déposé mon bazar sur la table. De le voir tellement désarmé, j'en ai presque eu pitié.

Mais je ne voulais pas me laisser aller à la pitié, j'ai levé le couteau et l'ai abaissé de toutes mes forces. PAF !

Raté.

J'avais tapé à côté, ma main avait dû s'écarter d'elle-même.

Je me rhabillai.

À certaines heures de la nuit, et à certaines périodes de l'année, on peut voir passer la lune à travers une petite lucarne de ma chambre. Un passage rapide et silencieux que l'on ne remarque que rarement. Ce sont des heures qu'on laisse aux fantômes. Martine s'était endormie à côté de moi, et moi, insomniaque, je veillais la lune avec mes amis fantômes.

Je finis par m'endormir.

Je prenais un bain, un bon bain chaud d'après-midi qui vous ramollit jusqu'au soir. Il devait être deux heures, peut-être un rien plus tard. J'étais bien. La tête me tournait un peu. J'avais fini par me vider une nouvelle bouteille, histoire d'oublier les révélations de ces derniers jours et ma vie de plus en plus difficile avec Martine que je ne me décidais pas à ne plus aimer. Et puis la sonnette de la porte retentit. Déchirant mon sommeil éthylique.

J'allai ouvrir en peignoir, un homme jeune et souriant se tenait sur le pas de la porte. Il parla.

– Nous vendons des revues éditées par notre communauté, qui tient les gens au courant de l'état de la religion. Nous parlons du Christ…

– Ça ne m'intéresse pas, je lui ai dit.

– Mais nous y parlons de problèmes quotidiens.

– Ça ne m'intéresse pas, répétai-je.

Comme il avait l'air hésitant, je refermai la porte.

À peine me retrouvai-je au milieu de l'appartement, grelottant sous mon peignoir, que je fus pris d'une nouvelle poussée de rage. Croire, le problème est là. Depuis que le bon Dieu laisse sa bonne se faire baiser par des hélicoptères, la crédulité de l'homo habilis sapiens erectus ne connaît plus de bornes.

Moi, je ne crois plus : pas de labia-minora ni de glandes de Bartholin, ni de canal endovertical ni de muqueuses utérines, ni de terribles lueurs blanches. Comment croire au miracle de la grossesse et de la lactation, quelle blague ! Celui qui croit aux cycles, aux cordons ombilicaux et aux enfantements dans la douleur n'est pas moins idiot que celui qui flatte les oiseaux blancs ou talque les légumes.

Je ne crois plus. Et les gynécologues sont aussi grotesques que leurs collègues clergymen. Moi, je suis un barbare.

Un barbare.

Un vrai barbare.

Cet idiot qui m'avait réveillé m'avait mis dans tous mes états. J'ai ouvert la fenêtre et je me suis mis à crier de toutes mes forces.

– BANDE DE CONS, BANDE DE CONS !

Des gens se sont arrêtés en levant les yeux. Bientôt, il y avait une petite foule sous la fenêtre et moi je continuais à crier comme un dingue. Ça a bien duré dix minutes. Un gars s'était même mis à filmer.

On frappa à la porte, je me retournai.

– MERDE DE PORTE DE TA MÈRE DE MERDE ! ! ! j'ai gueulé en allant ouvrir.

– Dites, vous êtes bourré ou quoi ? m'a demandé l'agent qui se trouvait sur le pas de la porte. Vous allez me suivre bien gentiment au poste, et me forcez pas à vous forcer, hein, parce que vous foutez une sacrée merde.

Moi, je l'ai suivi. Sur le chemin, jusqu'à la camionnette, tout un tas de gens me regardaient.

Certains se marraient franchement. L'agent m'a poussé dans le dos puis s'est assis à côté de moi.

– Haaa, tiens, mais on vous connaît, vous, a fait le commissaire quand je suis arrivé.

– Il est complètement bourré, a dit l'agent qui m'accompagnait. Il insultait les gens depuis sa fenêtre.

– Y a eu des plaintes ?

– Non, rien pour l'instant.

– Alors coffrez-le une heure ou deux le temps qu'il dégrise et puis foutez-le dehors.

On me mit en cage pendant deux heures et puis ils me laissèrent repartir. Par chance, Martine n'en sut rien. Quand elle arriva, je m'étais rafraîchi et changé, et rien n'aurait pu laisser deviner l'affreuse journée que je venais de passer.

Je ne laissai rien paraître, même si ce second séjour au trou, derrière ce grillage, avait fait descendre un fauve dans ma tête. Un fauve qui faisait maintenant les cent pas, aller retour aller, d'un lobe frontal à l'autre. Si ça continuait comme ça, on allait finir par m'enfermer sans que j'aie eu l'occasion de prouver mes terribles conclusions. Il fallait agir vite, le soir même, sans plus hésiter.

On mangea en silence. Je crois que Martine avait fini par sentir quelque chose. Elle me demanda plusieurs fois si ça allait. Je lui répondis que oui, que j'étais un peu fatigué et que c'était tout.

Elle n'insista pas et resta silencieuse, comme si elle s'était méfiée. Elle lut une revue. Moi, j'étais à côté d'elle, dans le lit, les yeux fermés. J'ai entendu le léger clic de l'interrupteur et je l'ai sentie chercher sa place avant de ne plus bouger.

J'attendis longtemps, au moins une heure, qu'elle se soit bien enfoncée dans le sommeil. Sa respiration était devenue régulière et profonde. Je me levai et allai chercher le couteau dans la cuisine. Il fallait que je sache, que je perce le secret des Martine. Elle dormait la tête légèrement rejetée vers l'arrière, son cou dessinait une courbe, une très jolie courbe frémissante sur l'oreiller. Dans le noir, sa peau avait pris une étrange couleur bleutée.

J'abattis le couteau. Martine ne réagit presque pas, juste un frisson qui la traversa tant la lame devait être froide.

J'abattis le couteau une seconde fois, puis une troisième.

J'entendis un craquement, un objet brillant sauta d'entre ses côtes et alla rebondir sur le tapis. Je le cherchai à tâtons et finis par tomber dessus.

J'allai devant la fenêtre pour mieux voir.

Et là, dans la lumière poussiéreuse des réverbères, je vis l'objet que je venais d'extraire des entrailles de Martine.

Un objet métallique et froid.

Un rouage.

VÉRITÉ SAUVAGE EN QUANTITÉ PAR TOUTE SAISON

J'étais dehors depuis cinq minutes et mon nez commençait déjà à me faire mal. Le vent pourtant faible me lançait en pleine figure des cristaux de glace douloureux comme des aiguilles et le froid attaquait sans pitié tout ce qui dépassait de mon emmaillotage. En pataugeant dans la neige molle, je me dirigeai vers les trois silhouettes couchées à quelques mètres devant moi.

À mon approche, l'une d'elles se leva. Je reconnus Juliette qui commença à aboyer et à tirer sur sa chaîne. Jules et Jim se relevèrent à leur tour, le poil rendu hirsute par le gel qui semblait n'avoir aucun effet sur eux.

– Voilà, voilà…

Malgré les consignes, je caressai brièvement les trois chiens avant de leur déverser le seau de viande que je leur apportais. Un petit coup de vent transperça toutes les couches que j'avais enfilées et me fit frissonner. Faut dire que j'étais le long de la façade ouest de la station, en pleine zone d'ombre, et que je profitais du froid comme si c'était la nuit. Je refis le tour et pris le soleil rasant en pleine face. Pendant les six mois à venir, son zénith se situerait à peine plus haut que la ligne d'horizon tandis qu'il se contenterait de se coucher dessus, sans descendre plus bas, offrant aux yeux des camaïeux rouge-rose perle tout au long de la journée.

Je poussai la lourde porte du sas que je refermai aussitôt derrière moi, je m'assis sur la banquette, retirai mes bottes et mon duvet que je mis à sécher sur un cintre, puis passai la seconde porte, donnant dans le hall de la station. Directement à ma droite, la pièce où se trouvait tout l'appareillage de communication : une télévision inutilisable sauf pour regarder des vidéos, et surtout la grosse radio, ainsi que l'arrivée de l'antenne satellite qui pointait le nez sur le toit.

À gauche, le salon, baignant dans une étrange odeur de renfermé et de transpiration, personne n'ayant imaginé ouvrir les fenêtres par moins trente dehors, un salon meublé de deux fauteuils usés jusqu'à la corde et d'une chaîne stéréo. La cuisinière, limitée à trois becs et un four, se tenait dans un coin, encore plus renfermée et plus graisseuse depuis que la hotte était tombée en panne.

Ma chambre, ou plutôt mon lit, se trouvait au fond, dans la même pièce que la petite salle de bains et que la toilette grisonnante.

C'était le centre, il était petit, trapu, construit

tout à plat sur un seul étage comme pour mieux résister aux assauts du vent polaire qui soufflait avec violence dix mois par an.

Je m'installai face à la radio et tournai le commutateur.

– Poulin... Poulin... Poulin appelle Continent. Continent, répondez. Poulin...

– Ici Continent, parlez Poulin, chuinta une voix brouillée à travers le haut-parleur.

– Salut Petitfrère, dis-je, comment va la vie chez vous ?

– Ça trotte, on n'est pas gâté par le temps, il pleut depuis deux jours et tout le monde a la grippe. Mais évidemment, c'est toujours plus drôle que la glacière où tu t'es fourré. À part ça tout va bien, et puis devine qui j'ai vu aujourd'hui ?

– La petite Jeanne, dis-je.

– Tout juste, elle m'a encore demandé de tes nouvelles. Tous les mardis, c'est pareil, elle sait que tu vas appeler et ça la met dans tous ses états. Elle en pince grave pour toi. Tiens, l'autre jour, un des gars du ministère a commencé à la draguer, eh bien, elle, complètement indifférente, à la limite du glacial, et le type a eu beau faire, elle ne lui a pas accordé un sourire. Je suis sûr que tu y es pour quelque chose.

– Merci du renseignement, tu peux lui dire que si elle attend encore huit mois, Poulin le bonhomme de neige sera prêt.

– Je n'y manquerai pas.

Le reste de la discussion se résuma à la lecture des données météorologiques que Petitfrère encoda soigneusement. Je lui donnai rendez-vous pour le mardi suivant et coupai l'appareil.

J'aimais bien Petitfrère, il devait se rendre compte que la situation à cinq mille kilomètres de chez lui, dans la glacière, comme il disait, ne devait pas toujours être drôle, et il m'entretenait des cancans lointains pour me faire rester dans le bain, il devait sans doute avoir confusément peur que je vire barge, là tout seul en plein glaçon pendant un an. En fait, je crois que tout le monde à l'observatoire devait prendre les gars comme moi pour des dingues, et il m'arrivait de penser comme eux.

Il y a cinq milliards d'êtres humains. En fait, il y en a quatre milliards neuf cent quatre-vingt-dix-neuf millions neuf cent quatre-vingt-dix-neuf mille neuf cent quatre-vingt-dix-neuf plus moi, qui suis ici, à plusieurs milliers de kilomètres du premier humain, protégé par des déserts de glace, des montagnes gelées et la banquise.

C'est une étrange sensation, sans doute la même qu'éprouve le type qui habite au pied d'un barrage. Il a des tonnes et des tonnes d'eau qui poussent de toutes leurs forces au-dessus de sa tête, ne demandant qu'à faire craquer le béton et tout engloutir, et lui, il doit faire comme si de rien n'était et continuer à soigner son potager.

Moi, je suis tout seul sur mon iceberg avec des milliards de types au-dessus de la tête. On voit d'ailleurs très bien ça quand on prend une mappemonde.

Les trois chiens s'appelaient Inouk, Bhutha et Trepok. Quand je suis arrivé ici, j'ai jugé bon de changer leurs noms pour Juliette, Jules et Jim, histoire de ne pas me sentir complètement dépaysé. Au début, ils m'ont semblé plutôt déroutés, mais ils ont fini par s'y faire et à répondre avec autant de vivacité que pour leur ancien nom.

Pour tous les déplacements, je me sers d'eux, bien qu'il y ait une chenillette. Quiconque a passé du temps dans ces déserts glacés sait que plus que le froid ou la neige, c'est la solitude qui blesse. S'éloigner de quelques kilomètres en simple chenillette, accompagné seulement du lourd moteur diesel, c'est faire peser l'austérité du pôle de tout son poids sur ses épaules. Les chiens, eux, me tiennent compagnie, leur galop régulier et silencieux s'accorde avec le paysage. Les regards qu'il leur arrive de me lancer et mes propres ordres à leur adresse sont autant d'éléments m'aidant à supporter les milliers de kilomètres morts qui m'entourent.

Théoriquement, mes déplacements devraient être rares. Je n'ai rien d'autre à faire à l'extérieur que relever la pression barométrique, les températures, la vitesse du vent et toutes les autres données météo : au plus, une heure de boulot par jour.

Au début, les longues heures de temps libre me faisaient peur. J'étais arrivé avec des tonnes de livres : des romans, des cours de langue, un peu n'importe quoi, mais c'était parce que je ne savais pas où j'allais. Le gars du petit avion qui m'a déposé ici avait volé pendant des heures au-dessus de la peau d'hermine. On dirait vraiment une peau d'hermine, du blanc constellé de taches noires, que j'admirais à la faveur d'un temps splendide. On avait fini par apercevoir une petite tache rouge et le gars avait grogné que c'était pas trop tôt, que le voilà, le centre. Il m'avait déposé, il avait rempli le réservoir de son moteur et, avant de décoller, il m'avait tapé sur l'épaule en disant :

– Et bonne journée, hein.

J'avais suivi l'avion des yeux le plus longtemps possible jusqu'à le voir se confondre avec l'horizon.

Bonne journée. J'espérais bien qu'elle serait bonne, tiens, sa journée. J'allais l'avoir des mois sur les bras, sur les épaules et en pleine figure sa journée, alors, si je ne voulais pas en faire la plus interminablement mauvaise de toutes celles que j'avais connues, j'avais effectivement intérêt à pas la louper, ma journée.

Je m'étais donc retrouvé dans ce trou avec tous mes bouquins, tous mes romans et tous mes cours de langue bien rangés dans la valise que le pilote avait déposée sur la glace. Un rapide moment passa où je restai désemparé, comme lorsque pour la première fois on se rend compte qu'on a perdu pied en apprenant à nager. Alors, je remarquai le vent, raide, aigu, qui faisait courir des cristaux de glace en interminables serpents sur la neige durcie. Et tout autour de moi, les glaces du pôle qui noyaient mes yeux et qui m'accueillaient dans leurs bras immenses.

Mon cœur s'était serré et je respirais plus vite.

Les premières semaines, j'essayais bien de lire, de m'intéresser un minimum à ce que j'avais trimballé avec moi, mais sans résultat. Je n'arrivais pas à fixer mon attention sur les déclinaisons allemandes ou sur les formes interrogatives de l'italien. Le sujet me paraissait lointain et sans intérêt.

Par contre, dès que le temps le permettait, je sortais du centre, j'attelais les chiens qui aboyaient joyeusement et je partais, dans n'importe quelle direction, osant m'aventurer de plus en plus loin et de plus en plus longtemps. Un univers entier se révélait à moi et à mes trois chiens, un univers vierge et solitaire où les vents et les neiges du monde entier venaient chercher leur force. Je me trouvais au beau milieu de la matrice des moussons, des nébulosités et des aurores boréales.

À peine étions-nous partis qu'un bonheur sans égal m'envahissait. Je me repérais grâce au ciel gris qui reflétait la mer beaucoup plus loin vers le nord. Un ciel d'eau, comme ça s'appelle, où l'on peut voir des vagues et de l'écume aller et venir dans les nuages. Et je laissais les chiens filer, contemplant le paysage éclatant à travers mes lunettes protectrices.

À force de promenades, je finis même par surprendre de la vie : des phoques débonnaires couchés sur le flanc. Des morses que l'on voyait surgir autour d'un trou d'eau, par trois ou quatre énormes paquets ocres gavés de soleil et de graisse. Même quelques rares ours blancs, Hercule timides qui disparaissaient au galop au moindre signe de danger.

Et puis toujours ce soleil rasant, donnant aux choses de l'Antarctique un caractère occulte, ensorcelant, où je me replongeais chaque jour avec ivresse.

Je découvrais la magie, le surnaturel protégé par des falaises de glace et des vagues figées, vivant plus lentement par-dessous leurs enveloppes durcies. Et il m'arrivait de lever les yeux, par réflexe, comme si au-delà des masses anticycloniques, les âmes des morts étaient venues ici, flotter dans l'air cristallin.

Les trois chiens, sans doute délaissés par le précédent pensionnaire du centre, se faisaient une joie des promenades quotidiennes que je leur offrais.

Comme je l'ai dit, les consignes étaient strictes quant à l'attitude à adopter avec eux. Ce sont des chiens de traîneau, pas des toutous de salon. On prohibait les caresses, soi-disant génératrices de relâchement et de flemmardise chez les huskies.

Après des mois passés avec eux, je puis dire qu'il

n'en était rien, au contraire. Juliette, Jules et Jim, que j'étourdissais de gestes affectueux, n'ayant personne d'autre à qui les offrir, ne tiraient que plus vaillamment sur le harnais.

Notre sympathie réciproque grandissait de jour en jour. Je les fis même rentrer à l'intérieur du centre, qu'ils grattèrent, reniflèrent et firent leur en quelques instants.

Avec eux couchés à mes pieds, la truffe sous la queue, agités parfois d'un rêve canin qui les faisait gémir, il m'est même arrivé de me sentir en famille. Une famille à quatre pattes, docile, poilue, avec Juliette comme préférée car c'est une fille. En effet, ma nature solitaire m'a toujours mieux fait comprendre les filles et préférer leur compagnie à celle de mes frères d'hormones.

Sur la grosse radio de la salle de communication, je capte un tas de chaînes où j'écoute souvent les journaux parlés, histoire de rester un tout petit peu un gars de chez moi et de ne pas trop paraître débarquer quand je serai de retour.

Il y a quelques jours, au journal de huit heures, ils ont annoncé le suicide d'une vedette de la chanson, une mignonne jeunette qui faisait un malheur mondial chez les quinze-vingt ans et qu'on aurait retrouvée pendue et toute bleue dans l'appartement d'un amant metteur en scène.

C'était la première nouvelle frappante depuis pas mal de temps, et je me dis que décidément le succès portait sur les ovaires et que je préférais ma place, au milieu des glaçons, que la sienne, barbante, dans des lits d'artistes.

Le lendemain, mardi, j'appelai Petitfrère pour lui transmettre les relevés.

– T'as entendu la nouvelle ? il m'a demandé.

Je m'attendais à ce qu'il me parle du suicide de la petite chanteuse.

– Non, rien à voir, dit-il. Figure-toi que le type du ministère qui draguait Jeanne, l'autre jour, eh bien il s'est ouvert les veines. Un avis de décès était affiché ce matin dans l'entrée.

– Ça lui apprendra à essayer de m'ôter le pain de la bouche, j'ai dit.

– Tu ne devrais pas dire ça. Tu t'imagines, t'ouvrir les veines.

– Je dois bien reconnaître que c'est moche, mais à mon avis ça ne devait pas tourner rond dans sa tête.

On discuta encore un peu de choses et d'autres et on se donna rendez-vous pour le mardi suivant.

À travers la fenêtre, je jetai un coup d'œil dehors. Il me sembla que la lumière était plus rouge que d'habitude, le soleil était encore un peu descendu sur l'horizon et commençait à prendre sa teinte crépusculaire. Je regardai mon calendrier, encore un mois avant sa disparition et le début de la longue nuit polaire, cent cinquante jours de somnambulisme forcé dans une demi-obscurité. Je comptais bien sur Petitfrère pour encore me faire rire à ce moment-là.

Vu que le cycle normal du jour et de la nuit n'était pas là pour m'y aider, je devais constamment regarder ma montre pour me situer dans le temps.

Ce soleil stagnant avait une influence manifeste sur mes rythmes habituels. Je mangeais quatre ou cinq fois par jour des repas très riches et je ne dormais que quelques heures la nuit, passant un temps fou à ne rien faire du tout, à rester assis ou à moitié couché dans le fauteuil du salon, les doigts perdus dans l'épaisse fourrure de Juliette, somnolente elle aussi loin des jeux brutaux de Jules et Jim.

Nous restions tous les deux à écouter le vent battre la façade ou les craquements sourds de la banquise qui lui faisaient dresser l'oreille et qui la rendaient nerveuse. Alors, pour la calmer, je lui tenais de longs discours, des histoires sans rime ni raison, des histoires pour chiens, des histoires au ras du sol mais qu'elle ramassait pourtant et qui lui faisaient cligner des yeux car c'était encore une jeune chienne et elle aimait s'abandonner.

Je n'écoutai plus la radio durant quelques jours, puis, le samedi, je la rallumai.

Les nouvelles étaient étonnantes, une vague de suicides frappait tout le pays. En une semaine, on en avait recensé des centaines. Des gens connus, des vedettes, des hommes politiques qui avaient avalé des valiums ou qui s'étaient fait sauter la tête, en en mettant plein les murs de leurs jolies maisons. Mais il y avait eu aussi des inconnus, des monsieur-tout-le-monde absolument sans problèmes qui s'étaient soudain jetés par la fenêtre de leur immeuble et que l'on retrouvait aplatis devant leur porte. Le speaker décrivit même quelques cas originaux : un comptable de banlieue s'était crevé l'œil avec un crayon, se l'enfonçant jusqu'à la matière grise, une ménagère s'était moulu les poignets dans un robot-minute, un retraité avait avalé douze mètres de fil électrique et avait mis dans une prise le morceau qui lui sortait encore par la bouche, le corps d'une jeune femme avait été retrouvé à Milan accroché par des menottes au train d'atterrissage d'un avion venant de Stockholm.

Les enfants n'étaient pas épargnés. On cita le cas du suicide collectif d'une classe de troisième, en province, qui s'était brûlée vive dans une grange, et on conseillait aux parents d'être vigilants avec leurs enfants en bas âge suite aux premiers suicides de nourrissons qui s'étouffaient avec n'importe quoi ou se laissaient tomber la tête la première dès qu'ils se trouvaient sur une hauteur. J'étais abasourdi. Que se passait-il là-bas ? De quelle maladie avaient été atteints ces milliers de suicidés ? J'attendis mardi avec angoisse.

– Poulin… Poulin appelle Petitfrère. Répondez Petitfrère…

Finalement, la voix de Petitfrère émergea de la friture.

– Ici Petitfrère, parlez Poulin.

– Ah, je suis content de t'entendre, j'ai capté vos nouvelles. Qu'est-ce qui se passe là-bas ?

– Figure-toi que personne n'en sait rien. On se suicide à tour de bras dans tous les coins et dans tous les pays, tout le monde y va de sa petite explication, mais en fait, personne n'en sait rien. Je te jure qu'il y a de quoi paniquer. On nous dit de rester calmes, mais quand chaque jour on t'annonce la mort de quelqu'un que tu connaissais, je te jure…

Il s'interrompit, la voix tremblante.

– Qu'est-ce qui t'arrive, Petitfrère, ça va ? j'ai demandé.

Je l'entendis s'éclaircir la voix et il reprit la parole.

– Ma mère y est passée hier. Ça me reste sur le râble, évidemment, pauvre vieille. Nos familles sont décimées, Poulin. D'ailleurs, j'ai une mauvaise nouvelle pour toi aussi.

– Qui ? ai-je demandé.

– Pour ta famille, j'en sais rien, ils veulent pas créer de panique, alors ils filtrent les infos, mais c'est la petite Jeanne… Voilà deux jours, elle s'est prise un camion en pleine tête… Moche, c'est moche tout ça, Poulin.

De nouveau sa voix se brisa, je lui transmis les données, qui m'apparurent encore plus inutiles que d'habitude, j'eus une petite formule de politesse et d'encouragement qui sonna horriblement faux et lui rendis l'antenne.

Quand le type de l'avion m'avait déposé ici, c'était la fin du printemps. L'été de l'Antarctique avait été un bref moment de répit avant les onze mois de glace à venir, une caresse de trente jours donnée à toute chose avant surgélation.

N'ayant que peu de temps, la vie surgit alors de tous les coins, frénétique, désordonnée, aussi avide que les millions de moustiques qu'elle fait venir avec elle.

Et d'on ne sait où, de l'épaisse couche de glace devenue marais et bourbiers, apparaît une faune menue mais terriblement vivace, drue, une fantastique luxuriance dépassant à peine les dix centimètres de haut et s'étalant jusqu'au pied des glaciers. Le pédiculaire, les délicates feuilles du saule nain, le laurier de Saint-Antoine, même des coquelicots, des camomilles et des marguerites, s'affirment ici comme maîtresses pour un mois et arriment leurs petites tiges râblées jusqu'aux portes du centre. En plus de la flore, la faune elle-même se réveille, élégamment habillée de blanc pour la majorité. Les bruants des neiges, les lagopèdes scrutant depuis le ciel quelles seront leurs proies, les sternes surexcités. Et sous ces milliers d'oiseaux, à terre, ce sont lièvres polaires, spermophiles et lemmings qui vont et viennent, vivant des heures craintives mais vivant tout de même, et copulant fiévreusement entre deux fuites éperdues.

Les plus proliférants de tous sont les lemmings. Les mâles sont inépuisables et ne laissent pas le moindre instant de répit aux femelles. Ils courent de l'une à l'autre, passant le plus clair de leur temps à aller et venir entre les pattes arrière d'une maîtresse dont ils n'ont même pas pris la peine de détailler la frimousse, peu importe que madame lemming soit un boudin, ce qui importe c'est la tuyauterie, qu'elles ont toutes en modèle identique.

Mais si le lemming mâle est un baiseur-né construit autour d'une formidable machine génitale, la femelle sait, sans se plaindre, héroïne silencieuse des régions hyperboréales, mettre bas plusieurs centaines de jeunes en une seule saison.

La sexualité des lemmings est telle que chaque été se produit une effrayante explosion démographique. À la fin août, les lemmings pullulent, animant les vallées de leur chant d'amour et de leurs orgasmes stridents. Passé un certain nombre, ils deviennent nerveux, certains meurent sur place, le cœur laminé par trop d'efforts, d'autres s'engagent en une mystérieuse migration, jusqu'à la mer, où ils se jettent par milliers, rétablissant ainsi l'équilibre.

Je ne pus m'empêcher de voir dans ce phénomène l'explication du drame qu'étaient en train de vivre les cinq milliards d'âmes, là-haut, agglutinées vers le nord.

À travers la vitre, je voyais les derniers rayons du soleil. Ils avaient pris une teinte rouge sombre qui enflammait le sommet des glaciers et couperosait, en s'y reflétant, les rugosités de la neige.

Au ras de l'horizon, le soleil était devenu difforme, presque flasque, il ne me présentait plus qu'un moignon aux couleurs noires et rouges de l'infection. La nuit serait là demain.

– Poulin... Poulin appelle Petitfrère, répondez Petitfrère.

Ça faisait bien dix minutes que je tentais de le joindre sans rien obtenir.

– Poulin... Poulin appelle Petitfrère, répondez Petitfrère...

Rien. La radio ne rendait plus qu'un bouillon d'ondes courtes où il était impossible de reconnaître quoi que ce soit.

Je tentai l'appel une dernière fois.

– Poulin appelle Petitfrère, répondez Petitfrère...

Je coupai la radio. Plus personne ne devait m'entendre là-bas. Combien pouvait-il en rester, sûrement pas beaucoup, et s'il en restait quelque chose, ils auraient sûrement d'autres soucis qu'un météorologue et ses trois clebs sur la banquise. En tout cas, la météo, dont tout le monde se foutait à présent, leur prévoyait un bien sale temps, une cochonnerie d'hiver pourri que les rares survivants se prendraient dans les articulations et qui leur ferait perdre ce qui leur restait d'humour.

Je fermai les yeux, inspirai une bonne fois et clôturai le chapitre de ma terre natale que je pouvais désormais ranger du côté des fantasmes inaccessibles. Je savais que plus près, à un millier de kilomètres environ vers l'ouest, se planquait une base comme la mienne, avec un collègue suédois dont le moral ne devait pas être très haut non plus.

Ou peut-être une Suédoise. Tiens, les femmes aussi ça aime la météo, et puis ça a les bronches solides. Je pourrais lui remonter le moral, moi, à l'Ingrid en question.

– Bonjour mademoiselle, je suis de la station d'à-côté, je passais voir si vous n'aviez besoin de rien parce qu'avec ce temps, hein... hé, hé...

Et elle a de ces guibolles, notre grenouille, des fusées. Et son visage, c'est la fille d'Oil of Olaz en vacances d'hiver, nom de Dieu, je ne me trompe pas. Ma pauvre petite Suédoise sous zéro, c'est pas une vie ça, vous allez finir toute gercée des pieds à la tête et vous serez bonne pour rejoindre les pingouins. Allons, je suis là maintenant.

Elle m'accueille chez elle. Dans sa maison, ça sent le linge propre et le saumon fumé, elle a allumé un grand feu dans la cheminée devant lequel nous parlons d'Odin et du Walhalla.

Alors je me suis mis à empiler des tas d'affaires sur le traîneau, des vêtements, de la bouffe, un fusil, des fois qu'on verrait un phoque ou n'importe quoi de comestible, puis un bidon d'essence pour faire des feux, la petite tente igloo, la boussole et d'autres trucs encore. Je suis sorti, il faisait tout à fait nuit maintenant. Grâce aux étoiles et au petit bout de lune qui dépassait du sommet d'une montagne, on voyait plus ou moins à vingt mètres. Au-delà, tout appartenait aux ténèbres.

Juliette aboya et vint me renifler. Je la caressai puis lui passai le harnais derrière les épaules.

Je fis la même chose avec Jules et Jim.

Depuis que le soleil avait disparu, la température avait encore baissé, mais je ne savais pas de combien, je n'osais pas regarder le thermomètre qui m'aurait sans doute fichu la trouille.

Je jetai un dernier regard vers le centre sans ressentir la moindre émotion. J'indiquai aux chiens la direction de l'ouest, fis claquer le fouet aux oreilles de Juliette qui bondit vers l'avant, entraînant Jules et Jim avec elle.

Moi, debout derrière, je calculai dans ma tête : en dix heures de route, on fait vingt kilomètres de banquise à vol d'oiseau, pour faire mille kilomètres, si tout va bien, il faudra environ deux mois.

Deux mois dans la nuit, à courir dix heures par jour sept jours sur sept.

J'espère au moins qu'Ingrid pourra être infidèle à son Viking de chez elle.

– Bonne nuit, je me suis dit à moi-même. La nuit non plus, il fallait pas la rater, parce qu'elle aussi durera des mois, et rater une nuit pareille, c'est faire un vache de cauchemar.

Devant, on voyait comme une immense bouche noire qui nous avalait tous les quatre. On ne glissait pas, on tombait, on tombait dans un gouffre glacial et mort, sans lumière ni fond.

À PART MOI,
PERSONNE N'EST MORT

En novembre 1953, Desmond, Erikson et Powel attendaient dans une pièce sans fenêtre d'un hôpital de la périphérie, buvant du café express et grillant des Lucky Strike au goût amer. Powel était déjà passé par là deux ans auparavant, pour la naissance de sa petite fille, et il était beaucoup plus à l'aise que Desmond et Erikson pour qui c'était la première fois. Desmond et Erikson restaient assis, ventre noué, dents serrées, attendant que mesdames Desmond et Erikson mettent au monde leur progéniture respective. Powel essayait de détendre l'atmosphère, il avait commencé par raconter des blagues, mais Desmond et Erikson n'écoutaient qu'à moitié. Il avait alors proposé de jouer au rami ou au poker, mais Desmond ne connaissait rien au rami et Erikson rien au poker. Alors, Powel se mit à parler travail. Desmond vendait des assurances-vie bon marché, sans visite médicale, et remportait pas mal de succès auprès des populations immigrées, assurant des vies de Turcs, de

Malais, de Malgaches ou de Slovènes. Tous terrorisés à l'idée de laisser leur famille mourir comme des citronniers sans racines. Erikson était mécanicien de poids lourds, il réparait des carburateurs, changeait des courroies de transmission, soudait des essieux ou vidangeait des camions tout au long de l'année. Il disait que lorsqu'il rentrait chez lui, le soir, il était tellement sale qu'il ressemblait à une mouette après une marée noire. La nuit, il rêvait qu'il était un moteur de trente tonnes. Il disait que lorsque, après sa mort, on ferait son autopsie, on trouverait du mazout jusque dans son oreille interne ou ses neurotransmetteurs. Desmond tenta de lui vendre une assurance mais Powel ne lui laissa pas le temps s'étant déjà lancé dans la description de sa propre profession : fabricant d'insecticides.

II

Les pluies du printemps 1983 avaient transformé le nord de l'Europe en marais nauséabonds. Des corps de soldats et de civils, oubliés par le service de ramassage de la Croix-Rouge internationale, pourrissaient à côté des carcasses de bouleaux arrachés de terre par le souffle des explosions. Les cratères d'obus, les reflets acérés des éclats de métal et les tranchées à moitié inondées donnaient au paysage une allure de vieillard.

Au milieu de cet univers détrempé, le train se frayait un chemin depuis deux jours. Dans le wagon, Billy, comme les dix autres, gardait le nez collé à la vitre. Il n'aimait pas les voyages. Et encore moins les trains, dont la promiscuité l'avait toujours mis mal à l'aise. Billy aurait préféré faire ce voyage en avion. Mais la KLM, la TWA, Swissair et la Lufthansa avaient interrompu leurs liaisons avec le nord de l'Europe. Même Aeroflot, dont la réputation d'inconscience des pilotes n'était pourtant plus à faire, gardait ses avions au sol. Le système de brouillage des communications et des instruments de vol par un satellite d'observation météo couvrant la zone allant du Portugal à l'Ukraine faisait s'écraser les avions au sol comme des essaims de mouches asphyxiées. Et la seule façon de voyager dans cette partie de l'Europe restait le train.

Billy avait mal à la tête. Une de ces migraines qui le prenaient une fois par jour et qui lui pressaient le crâne comme une orange espagnole. Il avait demandé des Perdolan mono au petit infirmier qui les accompagnait. Celui-ci lui en avait donné, précisant que c'était déjà la cinquième fois de la journée et que si ça continuait, il faudrait les payer.

Parmi les dix autres types, il y en avait trois inoffensifs, quatre qu'on n'arrivait pas à classer, et trois dangereux que l'infirmier avait pris soin d'attacher à leur couchette. Billy ne savait pas trop où se classer lui-même, mais il désirait confusément qu'on le prenne pour un dangereux.

Comme la migraine ne passait pas, il s'allongea sur sa couchette, s'écrasant un oreiller sur le visage, essayant en vain de s'endormir. Il ne pouvait s'empêcher de penser au traitement Lagerborg qui l'attendait mille kilomètres plus au nord.

III

Powel expliquait que la fabrication d'insecticides était un combat éternel contre des insectes de plus en plus résistants. Les bestioles s'étaient mises à résister à l'acide salique, et il avait fallu passer aux cristaux de bore. Puis elles avaient résisté aux cristaux de bore et on avait employé du gaz inerte d'hydroxicote, mais elles s'étaient habituées au gaz inerte d'hydroxicote, qu'elles respiraient désormais comme l'air des montagnes, et on les avait inondées de gelée bactérienne et de rétrovirus de type A contre lesquels elles avaient développé des défenses en l'espace de trois générations. Powel expliquait qu'on trouvait des cafards grands comme des canetons, résistants au néo-brome et aussi agressifs que des rottweilers. Il affirmait avoir dû faire face à des attaques en règle, menées par des colonies de cinquante à trois cents individus dont l'organisation n'avait rien à envier à un régiment de cavalerie et dont les assauts auraient fait reculer le plus aguerri des militaires.

IV

Billy se réveilla en pleine nuit. Tout le monde avait l'air de pioncer. Même les deux dangereux avaient réussi à s'endormir, même le petit infirmier s'était assoupi, bouche ouverte, tête rejetée en arrière sur sa banquette. À l'extérieur, l'obscurité était totale, l'air glacial sifflait contre la tôle. Billy avait à la fois envie de pisser et de boire, mais il n'osait pas se lever de peur de réveiller tout le monde. Il restait sur sa couchette, se demandant vaguement s'ils avaient déjà passé la frontière suédoise. En tout cas, la température du wagon avait baissé, une sorte d'avant-goût du traitement Lagerborg.

Billy entendit quelqu'un respirer à côté de lui. Il se retourna et reconnut le visage d'un des trois dangereux qui s'était libéré.

– Ça te dirait, une balade ? lui demanda le dangereux.

Billy ne savait pas, il hésitait.

– Une petite balade dans le train. Aller voir ce qui se passe dans les autres wagons…

– Et s'il se réveille ? avait demandé Billy en regardant le petit infirmier.

– Qu'est-ce que tu veux qu'il fasse ? Qu'il te colle une contravention ?

Billy se dit que le dangereux n'avait pas tort, il était idiot d'avoir peur.

V

Pour mesdames Powel et Erikson, en cette nuit de novembre 1953, cela se passait plutôt bien. Contractions, dilatations, respirations s'enchaînaient comme des toccatas de Jean-Sébastien Bach. Pour madame Desmond, par contre, cela ne se passait pas bien du tout. Autour d'elle, médecins, sages-femmes et infirmières s'activaient en fronçant les sourcils, écoutant les pulsations cardiaques, prenant la température, calculant des coefficients d'ouverture.

– J'ai mal, j'ai mal, répétait-elle. Il y a quelque chose d'anormal, je le sens.

– Calmez-vous, madame Desmond, tout se passe bien. Il faut juste vous détendre. Votre bébé ne s'est pas complètement retourné mais je vais arranger ça, disait le médecin-chef.

– Ce n'est pas ça, disait madame Desmond entre deux sanglots. Il y a autre chose. Ce n'est pas normal d'avoir aussi mal. Je sais qu'il se passe quelque chose.

On lui fit respirer un peu d'éther, on lui administra du lotrax premium cent milligrammes, et le médecin-chef enfila une nouvelle paire de gants.

VI

Desmond ne savait pas ce qui se passait avec sa femme mais il se sentait très nerveux. Il éprouvait depuis une heure un désagréable pressentiment dont il n'arrivait à définir ni l'origine ni la nature. Powel continuait à parler, appuyé contre une machine à distribuer du café tiède. Des collègues lui avaient affirmé que des rats, probablement mis en contact avec des insectes traités, avaient eu une progéniture présentant d'évidentes modifications du patrimoine génétique. Des dents plus longues, un corps plus agile et une taille sensiblement plus importante frappaient au premier coup d'œil. Ceux qui les avaient observés plus attentivement prétendaient que certains de ces rats se comportaient d'une manière étrange : ils attaquaient leurs congénères sans raison, leurs longues dents se plantant dans les jugulaires comme dans le plus tendre des desserts. D'autres étaient inoffensifs mais leurs actions désordonnées, leurs attitudes craintives voire suicidaires et leurs regards fixes les faisaient ressembler à certains sages Hopis après une nuit d'herbe du diable et de petite fumée.

VII

Sören Lagerborg était né en 1923 à Turku, en Finlande. Ses parents, Sonia et Ari Lagerborg, étaient originaires de Kemijarvi, petite ville lapone située à cent kilomètres au nord du cercle arctique. Les hivers y étaient si rudes et si longs que, durant sa grossesse, Sonia était persuadée qu'elle allait mettre au monde un embryon mort de froid. Depuis son lit, recouverte d'une couche épaisse de couvertures brodées, serrant sur son ventre une bouillotte tiède, elle suppliait Ari de déménager vers le sud. Mais Ari refusait, affirmant que le froid était la meilleure des médecines. En quarante ans de vie lapone, il n'était jamais tombé malade, la jambe qu'il s'était cassée avait guéri plus rapidement qu'une grippe attrapée à Helsinki, sa grand-mère ne connaissait pas les mots verrue, vergeture, rhumatisme, lumbago ou zona. Pour Ari, les maladies étaient toujours tropicales, jamais polaires. Descendre vers le sud signifiait s'exposer inconsidérément aux plus tenaces des infections.

VIII

Le dangereux s'appelait Josh, il venait de Düsseldorf et avait dit plusieurs fois à Billy : « Une petite balade dans le train, on va trouver de quoi manger, on va s'acheter des magazines de cul et on pourra les revendre aux pigeons de la clinique. »

Le jour se levait du pied gauche : la lumière faiblarde du soleil éclairait un paysage de champs de bataille. Le ciel était givré comme la paroi d'un frigo-box, des lapins glissaient à toute allure sur la terre gelée, une neige minuscule filait à l'horizontale, griffant le plexiglas des fenêtres extérieures. Les ombres de tanks abandonnés, se mêlant au bois mort et aux fils barbelés, rappelaient à Billy la peinture national-socialiste de la pire époque.

Josh marchait devant. Il avait des épaules larges et une cicatrice rose dans le cou. Ils passèrent dans plusieurs wagons remplis de gens à moitié endormis, à la mine défaite par une nuit inconfortable. Finalement, ils arrivèrent au wagon-restaurant. Josh lui donna un coup de coude et lui désigna la pile de revues pornos en exposition.

IX

Erikson ne croyait pas un traître mot des histoires de cafards mutants et de rats cinglés que lui racontait Powel. Il disait que dans sa vie de mécanicien, il en avait vu des vertes et des pas mûres, les chauffeurs de poids lourds lui racontaient les pires histoires ramenées de Turquie ou d'Ukraine, des histoires de prisons pour enfants, de sectes sataniques, de bordels ou de came. Mais des histoires comme celles de Powel, jamais. Alors Powel était monté sur ses grands chevaux, il avait dit qu'il pouvait lui donner le numéro de téléphone de dératiseurs certifiés qui avaient eu affaire aux rongeurs en question, qu'il pouvait l'emmener lui-même dans des égouts où il savait qu'on en trouvait, ou lui en ramener un spécimen, noyé dans du formol, qu'il gardait dans un bocal au fond de son garage. Erikson agitait la tête de gauche à droite en souriant, l'air de dire : « Mais oui, mais oui ». Powel serrait les dents en grognant des insultes. Desmond, qui n'avait rien dit jusque-là, intervint soudain.

– Inutile de se disputer. Powel a raison. Ces rats existent.

– Et comment le savez-vous ? lui demanda Erikson.

– Parce que j'en vois à peu près chaque jour, répondit Desmond.

X

Confrontée au refus obstiné de Ari, Sonia Lagerborg était devenue insupportable. Elle n'arrêtait plus de geindre et de sangloter. Elle avait trop froid, trop chaud, faim, plus faim, le lit était trop dur, trop mou, avec la cheminée elle ne respirait plus, sans cheminée elle grelottait, le bruit du vent lui donnait des insomnies, le silence des grands espaces gelés lui faisait peur. Elle voulait des oreillers, des bouillottes, des bains de pied, des massages des jambes et du dos, et quand elle ne voulait rien, elle demandait à Ari : « Où es-tu ? », ou bien : « Qu'est-ce que tu fais ? », ou : « À quoi penses-tu ? »

Ari réussit à vivre à ce régime durant un mois et demi puis, sentant que la folie pure et simple le guettait s'il continuait comme ça, il se résigna à partir pour le sud.

Les Lagerborg prirent le train de nuit Rovaniemi-Turku et s'installèrent chez Anika, vieille cousine célibataire de Sonia qui possédait une vaste maison dans le centre avec vue sur le château Turunlinna et s'y ennuyait ferme. Sonia s'épanouit comme une tulipe des serres royales. Elle ne gémit plus, ne pleura plus, laissant Ari dormir tranquille sans se douter du drame qui ferait de son bonheur présent le pire des cauchemars.

XI

Josh avait pris une bière Lapin Kulta Export qu'il sirotait en feuilletant les magazines de cul.

– Il n'y a qu'ici que c'est légal, ces machins-là, avait-il dit.

Une fille se flanquait un cactus dans le derrière, une autre se faisait sauter par un chien genre setter irlandais à l'air camé. Billy bandait et avait la nausée en même temps. Dans un coin du wagon, sur une banquette en plastique orange, un militaire mangeait une pizza en guise de petit déjeuner. Il les regardait du coin de l'œil. Avec leurs pyjamas des cliniques Lagerborg, ils ne passaient pas inaperçus. Billy se doutait bien que le militaire ne devait pas les avoir à la bonne, alors il regardait ailleurs, regrettant d'être venu. Et puis Josh lui fichait la trouille, il avait entendu dire les pires choses à propos des dangereux, de leur brutalité, de leurs réactions imprévisibles et de leur cruauté.

Un copain du militaire arriva. Ils se mirent à parler en les regardant. Billy connaissait ce regard par cœur depuis la maternelle, quand on lui jetait ce genre de regard, ça voulait dire que les choses allaient se gâter, qu'ils allaient se retrouver le nez sur le gazon, le cul sur le pavé, à prendre baffes, insultes et crachats de gamins en furie.

– On y va ? fit Billy qui ne se sentait pas à son aise.

Josh choisissait minutieusement les revues qu'il allait acheter. Dehors, le paysage était devenu uniformément blanc. Seuls les troncs noirs des bouleaux tranchaient sur la monotonie neigeuse. S'il y avait eu des batailles à cet endroit, toute trace avait disparu sous la couche de cristaux de glace.

Le copain du militaire s'approcha d'eux.

– Vous ne seriez pas mieux dans votre wagon à cinglés ? dit-il.

Il était grand. Très costaud. Ses mains auraient pu servir de presse hydraulique ou de moissonneuse-batteuse.

Josh leva les yeux. Un sale regard gris clair,

couleur de ciel finlandais. Billy remarqua qu'il serrait les poings.

Ensuite, tout se passa trop vite pour qu'il puisse comprendre ce qui arrivait.

XII

Desmond raconta comment, dans les sinistres quartiers qu'il visitait quotidiennement dans l'espoir d'y vendre des assurances, dans les tristes immeubles périphériques, dans les ateliers des usines textiles, dans les arrière-boutiques, les cuisines des soupes populaires, les cliniques crasseuses des banlieues, dans n'importe lequel de ces endroits où croupissaient Sénégalais amaigris et Albanais blafards, il croisait les rats dont parlait Powel.

Tout le monde craignait les rats dangereux, ils s'attaquaient aux bébés laissés sans surveillance, aux vieillards endormis, à tout imprudent laissant portes ou fenêtres ouvertes. Les rats hallucinés, eux, posaient d'autres types de problèmes. Ils se jetaient par dizaines dans les canalisations, la putréfaction de leurs cadavres polluait l'eau courante et rendait périlleuse sa consommation.

Desmond raconta qu'un jour, pour parvenir à vendre une assurance de troisième catégorie à un Croate à peu près analpha-bète, il avait accepté de partager le repas que lui offrait le pauvre homme.

Ce ne fut qu'après avoir bu plusieurs verres d'alcool de datte allongé d'un peu d'eau qu'il remarqua le dépôt brun au fond de la carafe. Le vieil homme, gêné, fini par lui dire qu'il s'agissait probablement des restes d'un rat noyé. Desmond avait hurlé, craché, vomi, tenté de casser la vieille figure du Croate qui lui disait que ce genre de choses arrivait de plus en plus souvent, qu'un cousin à lui avait mangé des saucisses de rat qu'un marchand affirmait être des saucisses de porc, ou qu'à l'école de sa fille, des rats s'étaient reproduits dans les casseroles de la cantine et que les bébés rats morts-nés flottaient comme des croûtons roses dans le potage aux légumes.

XIII

Les premiers symptômes de la maladie d'Ari se manifestèrent au mois de mai, lorsque quelques rayons de soleil apparurent au-dessus de Turku, que des courants d'air chaud venus de Suède firent fondre les glaces de la rivière Aurajoki et que les arbres poussèrent avec effort une feuille ou un bourgeon à travers leur sève gelée. Ari se sentit d'abord fatigué, il resta des jours entiers assis sur la terrasse, s'abritant du soleil à l'ombre de l'auvent, regardant avec dégoût fleurs et gazon grandir comme des métastases excitées par le rayonnement printanier. Ensuite, une violente douleur à la poitrine le força à rester au lit. Vint un médecin qui lui conseilla d'intensives séances de sauna. Ari maigrit, se mit à ressembler à un vieux morse harponné. Un autre médecin lui fit boire du thé d'herbes sauvages, des potages de chou et de menthe, et Ari devint aussi gris que l'ardoise des vallées de Carélie. Cela empira encore, il eut de la température, il affolait les thermomètres à alcool et ceux au mercure. Il toussait en faisant des bruits de grelot. Crachait des lambeaux de poumon. Pissait de la morve, pleurait du sang. Tout le monde sentait bien qu'il vivait ses dernières heures. Sonia, enceinte jusqu'aux oreilles, resta à ses côtés. Épongeant son front, changeant ses draps trempés de sueur, lui faisant boire de l'eau sucrée et lui disant des « je t'aime » en lapon qu'Ari n'entendait plus.

Enfin, Ari mourut, le matin du 20 mai. Un soleil jaune roulant depuis la Russie jusque sous ses fenêtres faisait briller son visage humide des mille reflets d'un cristal de Bohème. Dans un souffle, il dit simplement « Sonia » et puis « trop chaud ». Puis son cœur cessa de battre et son regard se figea, tourné vers un Nord qu'il ne reverrait plus.

XIV

Madame Desmond était inconsciente. Et cela valait mieux pour elle.

Le médecin-chef avait fini par comprendre qu'il ne tirerait rien de bon des muscles utérins et avait décidé de prendre les choses en main. Il l'avait endormie, avait choisi le scalpel à chair tendre et tranché au milieu du ventre de la pauvre femme qui s'était ouvert comme une pomme au four. L'électro-encéphalogramme eut un sursaut, le respirateur artificiel fut pris de frénétiques mouvements de va-et-vient, et l'anesthésiste injecta un savant cocktail d'adrénaline et d'atropine dans les veines de la patiente dont le visage avait pris un teint inquiétant.

Le médecin-chef avait plongé les mains dans le ventre de madame Desmond et en avait extrait l'enfant qu'il tenait maintenant à bout de bras.

On courut chercher Desmond qui arriva haletant, suivi de peu par Powel et Erikson qui se sentaient solidaires du drame en train de se jouer sous leurs yeux.

Desmond vit le corps ouvert en deux de sa femme sur la table d'accouchement, les mouvements du respirateur, les soubresauts de l'électro-encéphalogramme, l'agitation de l'anesthésiste, et il se dit que l'enfer devait, à peu de chose près, ressembler à cet endroit. Il ne savait pas que plus tard, il préférerait l'enfer.

– C'est un garçon. Vous aviez pensé à un nom ? demanda une infirmière.

– B… Billy, s'entendit répondre monsieur Desmond.

XV

Josh était fermement maintenu à sa couchette par les sangles de sa camisole de force. Ils avaient dû s'y mettre à deux pour lui faire lâcher le pauvre militaire gémissant, le visage en sang, les côtes brisées par les genoux du dangereux : le copain du militaire lui tirait les cheveux, l'infirmier, qui avait accouru, alerté par un voyageur, lui flanquait de lourds coups de matraque dans les reins. Billy, terrorisé, se tenait dans un coin en répétant :

– Josh, fais pas le con. Josh, fais pas le con…

C'était d'ailleurs plutôt la voix de Billy que les efforts des deux autres qui lui avait fait lâcher prise.

Billy était retourné sur sa couchette, le cœur chargé d'une tristesse dont il n'arrivait pas à définir la nature. Le jour s'était levé, bleu et sans nuage. Des odeurs de café et de pain tiède lui parvenaient du wagon-restaurant. Le train s'était arrêté un court moment dans la gare d'Oulu. Le monde extérieur baignait dans l'aveuglante lumière polaire. Des employés des chemins de fer se baladaient sur le quai à bord de Vitara blanches. Partout ça grouillait de soldats vêtus de grosses vestes en duvet kaki, la tête couverte d'une chapka à la mode russe. La neige étincelait comme un miroir. Le drapeau de la Croix-Rouge, au-dessus d'une petite construction en béton, rappelait qu'à quelques kilomètres les combats faisaient rage, fauchant les arbres, les hommes et les quelques rennes qui traînaient dans de grandes gerbes de terre gelée.

Billy demanda à Josh si ça allait. Le dangereux répondit que ça allait super, qu'il n'en avait rien à foutre des sangles et de la camisole, qu'à partir d'Oulu jusqu'à la clinique Lagerborg, il n'y avait que trois heures de voyage, qu'une fois arrivé on serait bien obligé de le détacher et qu'il pourrait faire sa fête à la petite pute d'infirmier.

Le train était reparti. Un paysage troublé par la vitesse défilait de l'autre côté des vitres.

– Tu as de la famille ? demanda Josh.

Billy n'aimait pas cette question.

– Ma mère est morte à ma naissance. Mon père était dans les assurances. Il m'a mis dans une école spéciale quand j'avais sept ans. Maintenant, je ne sais pas ce qu'il fait ni où il est.

– Moi, mes parents, un jour j'en ai eu marre, fit Josh en regardant le plafond du compartiment.

Comme Billy ne voyait pas où il voulait en venir, il continua.

– J'avais quinze ou seize ans, j'avais ramené une fille à la maison. Elle faisait un boucan fou parce que je lui flanquais une raclée. Mon père a déboulé dans la chambre en répétant : « Maintenant, je vais te tuer, espèce de petit salopard ! » Alors je lui ai ouvert la tête en deux. Comme ça, comme une noix. À ma mère, même chose. Crac. Comme une noix. Et la fille qui criait : vlan et vlan, balancée contre les murs de ma chambre.

Billy le regardait et trouvait que les dangereux étaient des types formidables.

– Tu sais ce que j'aimerais, continuait Josh. J'aimerais passer de l'autre côté de la ligne de démarcation et rejoindre tous les types d'en face. Tu sais que tous leurs généraux, colonels et tout, ce sont des types comme nous. Des vrais, des durs, pas des ramollis comme ici.

– Moi aussi, ça me plairait, mais je ne vois pas comment.

– Les trains de la Croix-Rouge, de Médecins du monde, de Handicap international. Tous ces cons empruntent les voies encore ouvertes pour passer de la bouffe et des médicaments d'un côté à l'autre. Avec eux, tu passes comme une fleur. Ce que j'aimerais, c'est aller à Nice ou à Marseille. Ou à Barcelone. Le Sud, mon vieux, le paradis.

Billy resta un moment rêveur. Parler avec Josh lui faisait du bien. Ça faisait passer ses migraines, lui faisait voir le monde comme un problème d'algèbre pour débutants. Avec plaisir il se laissa bercer par le roulis du wagon, le choc des essieux sur la voie l'hypnotisant comme les mouvements d'un pendule.

XVI

Sonia avait aimé Ari avec passion, et la disparition de son mari lui enlevait toute raison de vivre.

D'autant que, au fond d'elle-même, elle ne pouvait s'empêcher de penser qu'elle y était pour quelque chose, dans cette mort, que c'était elle qui avait contraint Ari à prendre ce foutu train et à s'installer dans cette région dont il ne supportait pas le climat.

Sonia cessa peu à peu de s'alimenter. Sa cousine, les quelques amis qu'elle avait, le médecin la suppliaient, au nom de l'enfant qu'elle portait, de faire un effort. Mais Sonia se fichait du bébé autant que d'une mauvaise herbe du parc Sibelius. Elle maigrit, devint cadavérique, passant ses journées immobile à la fenêtre, parlant tout bas au fantôme d'Ari, regardant les tours sombres du château qui lui apparaissaient aussi lourdes que sa culpabilité et qu'elle entendait lui répéter que les Lagerborg auraient mieux fait de rester une famille polaire.

Sören naquit avant terme. L'accouchement eut raison des dernières forces de Sonia qui mourut alors que le nouveau-né n'avait que quelques heures. Trop petit, trop léger, il ne survécut que par miracle, enfermé dans la tiédeur d'une couveuse, entouré des soins d'Anika qui se décida à le prendre à sa charge, de l'élever et de lui donner le nom d'un amant enfui depuis longtemps.

XVII

On avait administré une dose de calmant aux trois dangereux qui se tenaient à présent debout, légèrement vacillants, les yeux mi-clos. Par sécurité, les mains de Josh étaient attachées derrière son dos avec la paire de menottes du petit infirmier.

Le train avait fini par s'arrêter. Kemijarvi. Terminus. On les fit descendre tous les dix après les voyageurs ordinaires et on les fit monter dans un minibus aux couleurs des instituts Lagerborg. Le chauffeur était un robuste Finlandais qui les regardait d'un air blasé.

Ils se mirent en route. Une radio passait de la variété locale. La ville n'avait rien pour elle : de tristes constructions bétonnées couvertes de neige. Le soleil brillait comme une lampe halogène en veilleuse.

Le minibus s'engagea sur une petite route. Des types fonçaient en motoneige sur les bas-côtés. Au loin, un pont noir enjambait un fleuve gelé avec des airs de brute conquérante.

À côté de Billy, Josh n'arrêtait pas de s'agiter, luttant à la fois contre les menottes et l'effet du calmant. Des muscles noueux jouaient sous le tissu de son pyjama.

Le cendrier de ta banquette, retire-le discrètement et passe-le-moi, dit-il à Billy qui s'exécuta, curieux de ce qu'il pourrait en faire.

XVIII

Dès que le petit Sören fut en âge de comprendre, Anika lui expliqua qui étaient ses parents et comment ils étaient morts. Dans l'esprit de l'enfant, s'édifia le mythe de ce père arrivé par le train d'un nord glacial et emporté par la chaleur qu'il ne supportait pas.

Anika lui parla de l'aversion d'Ari pour le Sud, de ses théories de paysan sur les maladies, elle lui parla de Sonia qui était morte de désespoir et de leur tombe commune dans le cimetière d'Ivalo, la plus septentrionale des villes finlandaises.

Sören fut un adolescent rêveur mais brillant, souvent premier de sa promotion au collège de Turku. Il se passionnait pour la médecine, dévorant très tôt les pages des dictionnaires ou des encyclopédies traitant de ce sujet, sentant au fond de lui que son avenir serait intimement lié à la pratique de cette discipline.

En 1941, il entreprit ses études à l'université d'Helsinki où, jeune interne, il soignait les corps des soldats blessés au combat. Ses supérieurs le remarquèrent en 1943 lorsqu'il repéra dans la toile d'un sac de riz indien la source d'une épidémie de choléra qui ravageait une garnison de chasseurs postée à Tempere, puis réussit à l'isoler.

Ce coup d'éclat, Sören ne le devait qu'à sa méfiance héréditaire pour tout ce qui venait de sous le cercle polaire et, à plus forte raison, de tout ce qui se rapprochait de l'équateur.

Après la guerre, il se spécialisa en épidémiologie. Il étudia le typhus, la lèpre, le botulisme, la malaria venue de Sicile, la fièvre rouge et la fièvre noire venues d'Afrique.

Il refit l'histoire de la peste, venue d'Orient ravager l'Angleterre. L'histoire de la grippe espagnole arrivée à Marseille dans des foulards marocains et remontée jusqu'en Allemagne. Dans son esprit se cristallisait la certitude que la solution aux maux de l'humanité était le froid, et si possible le froid polaire.

Sören rêvait d'une grande œuvre, de la découverte d'une solution globale et simple aux principaux problèmes médicaux. Pas à pas, méthodiquement, il mit sur pied le programme de guérison Lagerborg et fonda les cliniques Lagerborg, nichées dans les collines de Kemijarvi, ville natale d'Ari et Sonia Lagerborg. Il s'y rendit souvent afin de suivre l'évolution des travaux où il engouffrait tout son argent. Il savourait ce long trajet en train, filant comme une flèche du sud vers le nord, et pensait à ses parents qui, quelques dizaines d'années plus tôt, avaient fait le trajet inverse, courant à la rencontre de leur destin tragique.

XIX

Billy ne comprit pas ce que Josh avait bien pu fabriquer avec le cendrier. Toujours est-il qu'en descendant du bus, Josh lui fit un clin d'œil, lui dit que ses menottes étaient ouvertes et qu'à la première occasion il allait faire sa fête au petit infirmier. La clinique Lagerborg était une construction en briques rouges et de la taille d'un supermarché, entourée de sapins brûlés par le froid et de congères de la hauteur d'un homme. De la gare, arrivait un vague murmure métallique, mais à part cela il régnait un incroyable silence. Pas un oiseau, pas un chien, pas de vent, juste le bruit des pas étouffés par le tapis neigeux. Le petit infirmier les fit avancer jusque dans un hall bien entretenu. Quelque part une télévision retransmettait un match de hockey sur glace. Les migraines de Billy reprirent de plus belle.

Ils étaient tous là, debout, avec le petit infirmier qui veillait au grain, quand arriva Sören Lagerborg. C'était un vieil homme en forme et bien soigné. Les cheveux gris coupés court, le visage glabre.

– Bienvenue à tous, dit-il. Il serra la main de l'infirmier qui lui présenta toutes les personnes présentes et lui fit signer son ordre de mission. Ensuite, Lagerborg se frotta les mains et leur dit que le moment de la visite était arrivé.

L'endroit était bien aménagé. Il leur montra

les saunas, les terrasses à l'air libre pour « profiter du froid », les chambres au mobilier en pin blanc, le réfectoire qui donnait sur un terrain de volley-ball. Ils croisèrent pas mal de types en traitement, tous en training Adidas bleu, regardant le match de hockey à la télé en bouffant des chips ou des fromages en cube. Il y avait évidemment tout un personnel de surveillance : de grands types dont le boulot consistait à déambuler par deux, armés d'une matraque et d'un petit spray paralysant afin de décourager toutes velléités de révolte chez les pensionnaires. Billy avait envie de pleurer, cet endroit ressemblait à la morgue d'un commissariat de province, les gens avaient l'air morts, toute la ville avait l'air morte, le pays entier était mort.

– Tout ici est conçu pour que vous vous sentiez bien. Vous bénéficierez de temps libre où vous pourrez faire du volley, du ping-pong, ou vous servir de la piscine, disait Lagerborg. Nous déjeunons tôt, les journées sont bien remplies, c'est la condition première d'un traitement efficace.

Une fois la visite terminée, le petit infirmier finit par dire qu'il allait s'en aller, laissant Lagerborg se débrouiller avec les nouveaux. Il le mit en garde contre les trois dangereux.

– Ne vous inquiétez pas. Dans un bon mois, ils pourront se passer de menottes, fit-il.

Josh fit alors un bond énorme, atterrit devant le célèbre médecin, l'empoigna à la gorge et le souleva du sol.

– S'il y en a un qui bouge, je lui casse les vertèbres, hurla-t-il. Les deux autres dangereux, tout attachés et drogués qu'ils étaient, poussaient des cris surexcités. Le petit infirmier s'accrochait à Josh qui ne s'en rendait même pas compte. Tous les autres, Billy compris, regardaient la scène d'un air effaré.

XX

C'est vers la fin des années 50 que la vague de naissances d'enfants monstrueux défraya la chronique. Monstrueux était un grand mot. Ils avaient bien les membres particulièrement longs, les statistiques de l'époque indiquent une moyenne de dix à quinze centimètres de plus que chez des individus normaux. Ils avaient aussi des canines très développées et des yeux profondément enfoncés dans les orbites. Bref, ils ne ressemblaient pas à l'image que l'on pourrait se faire de « beaux enfants », mais ils n'étaient pas vraiment monstrueux. Leur intelligence était, pour la plupart d'entre eux, au-dessus de la normale. Les tests de QI et de Rorschach effectués par une équipe du MIT sur un échantillon de cinquante enfants les plaçaient trois à cinq points au-dessus des enfants normaux. Ils grandissaient plus vite, le développement hormonal était plus rapide, autant chez les filles que chez les garçons, et la plupart d'entre eux étaient pubères entre huit et dix ans, tous éprouvant de puissantes pulsions sexuelles avant onze ans, ce qui rendait problématique leur insertion dans un milieu scolaire normal. Mais le problème principal était que certains d'entre eux présentaient un comportement hostile à l'égard de leur entourage. Une agressivité pathologique touchait un sérieux pourcentage de ces individus à un stade ou à un autre de leur croissance, poussant les États à mettre en place des structures éducatives où ces jeunes étaient encadrés par des armées de logopèdes et de neuropsychiatres.

À leur sortie de ces établissements, les plus brillants d'entre eux n'avaient aucune peine à se faire embaucher dans des sociétés ou des appareils d'État. On appréciait la qualité de leur intellect, leur agressivité faisant d'eux des battants et des meneurs d'hommes hors pair. Quelques-uns arrivèrent aux postes les plus élevés des hiérarchies : chefs d'entreprises, généraux, ministres de l'Intérieur ou de la Défense. L'Europe du Sud accueillit particulièrement bien ces « jeunes loups ». Tout le monde a en tête les noms de Silvano Stressi, Gabrielle Di Lascia, Ernesto Raoul Gomez, Sierra Figueras, Anna-Maria Sanchez ou Pierre Lepetit, qui furent, en quelque sorte, l'avant-garde de ce courant qui bouleversa le paysage politico-économique de la seconde moitié du vingtième siècle.

Ce n'est que vers la fin des années 70 que l'on se rendit compte, avec le scandale du Casino de Séville et la découverte des charniers de Nice, Barcelone et Turin, que ceux qui occupaient nombre de postes clés étaient de véritables bombes à retardement dissimulées sous des costumes Armani ou des tailleurs Christian Dior. L'énorme puissance qu'ils possédaient divisa l'Europe en deux, Sud « occupé » contre Nord « libre », la plongeant dans la plus terrible guerre qu'elle ait connue.

Sören Lagerborg fut le premier à proposer un traitement pour la génération affectée. Jusque-là, son centre de traitement n'accueillait que quelques malheureux atteints du cancer, d'œdèmes pulmonaires ou de phtisie, que la médecine traditionnelle n'arrivait pas à soulager. Mais à partir des années 60, il s'intéressa au phénomène des enfants aux longs membres. Il prétendit, dans diverses conférences et dans le séminaire d'épidémiologie générale qu'il donnait à l'université d'Helsinki, que le vecteur de modification était une variété de rats originaires d'Espagne et du Portugal, affectés par l'utilisation intensive des insecticides bon marché des usines Powel et se propageant dans toute l'Europe par les wagons de marchandises et les wagons à bestiaux.

Qu'il ait eu raison ou tort n'a que peu d'importance. Mais les vagues résultats qu'il obtint en traitant des enfants atteints donnèrent à son centre une renommée internationale. Il se modernisa, s'agrandit, engagea du personnel, s'offrit des écrans publicitaires sur les chaînes les plus regardées et publia des mémoires traduits en quinze langues. Du monde entier lui arrivaient chaque semaine de nouveaux pensionnaires, conduits à grands frais par les différentes nations à travers une Europe déchirée par la guerre. Quant à l'efficacité du traitement, le mystère était entier. Il ne publiait aucun résultat, n'acceptait aucun débat ni le moindre reportage, et quand un esprit critique l'accusait de fumisterie, il répondait invariablement : « Il faut du temps, Rome ne s'est pas faite en deux jours... »

XXI

Josh était loin d'être un idiot. Son coup d'éclat avait été préparé avec un soin d'analyste-programmeur. Il avait maintenu Sören Lagerborg par le cou, menaçant de le lui briser au moindre froncement de sourcils. Les gardes s'étaient donc tenus à carreau, le petit infirmier aussi et tous les pensionnaires qui regardaient la scène d'un air amusé. Il avait dit à Billy de le suivre et ils s'étaient éloignés en poussant le vieil homme devant eux.

Tous les trois, ils avaient sauté dans la voiture du médecin, Billy s'était mis au volant, Josh était resté derrière avec Lagerborg terrorisé.

– Tu vas rouler tout droit sur la route qu'on a prise pour venir. À trois kilomètres, il y a un embranchement, une petite route qui file vers Oulu. Personne ne nous suivra jusque-là.

– Tu as l'air bien au courant, lui fit Billy.

– Ce matin, au kiosque des magazines pornos, il y avait des cartes routières. C'est là que j'ai eu mon idée.

– Qu'est-ce qu'il y a à Oulu ?

– Une gare. Des trains qui partent pour toute l'Europe.

En une heure, ils y étaient arrivés. Josh avait dit au médecin que s'il appelait quelqu'un ou s'il bougeait, il lui casserait la colonne vertébrale. Le médecin ne bougea plus une oreille durant les huit heures qu'ils attendirent dans la voiture, discrètement arrêtée dans un coin du parking de la gare. Pas question de se montrer comme ça, ils auraient été repérés en un instant.

La nuit tomba. Par crainte des bombardements, aucune lumière n'éclairait les quais. La seule lumière était celle des trains que les rangées de fenêtres lumineuses faisaient ressembler à de la pellicule super 8. Ils sortirent de la voiture, soulagèrent leur vessie sur un tas de neige et descendirent vers les voies. Josh savait ce qu'il faisait : il repéra un train marqué d'une croix rouge où on embarquait des caisses d'uniformes.

– On y va, fit-il.

– Moi aussi ? demanda Lagerborg.

– Oui, monsieur le docteur, toi aussi. Tu es notre passeport en cas de pépin. Ils s'installèrent derrière une pile de caisses et se préparèrent à passer la nuit, Lagerborg attaché avec une corde en nylon à un câble électrique qui grimpait le long de la paroi.

– Et où va-t-on ? demanda le vieux médecin.

– Vers le sud. Dans quatre jours, c'est la Riviera, la Provence, la Toscane ou la Catalogne. Ces mots faisaient rêver Billy. Lagerborg, par contre, eut un air dégoûté. Il se voyait déjà mourir comme Ari, son père, un demi-siècle plus tôt.

Billy dormait déjà, ne sentant plus l'odeur rance du wagon, n'entendant plus les chocs des roues d'acier contre la voie, ne souffrant plus de l'éprouvant roulis des amortisseurs Westinghouse mais rêvant de chaleur et de paix, de Méditerranée et de filles en tenues légères.

XXII

Le vieux monsieur Desmond regardait par la fenêtre du train avec cet air triste qui ne quittait son visage qu'en de très rares occasions. À côté de lui, Erikson, son compagnon de longue date, lui tenait le même long discours sur la folie des hommes, les vaines horreurs de la guerre et la douloureuse absence de bonne volonté dont souffrait le monde. En face d'eux, quatre ou cinq jeunes volontaires de la Croix-Rouge mangeaient des sandwiches au jambon, se racontant leurs exploits médicaux. L'un d'eux se tourna vers les deux retraités.

– Je trouve ça formidable de donner un coup de main comme vous le faites. Moi, mes parents, tout ce qui les intéresse, c'est leur tranquillité. Mais votre famille ne se plaint pas de votre absence ?

– Je suis divorcé. Et mon gamin travaille avec vous, il répare vos jeeps. C'est un as pour ça. Il a été à bonne école, répondit Erikson.

Comme le jeune homme regardait Desmond, celui-ci finit par répondre :

– Ma femme est morte il y a longtemps. Je n'ai pas d'enfant.

Erikson lui donna une petite tape amicale sur la cuisse et lui fit un clin d'œil, l'air de dire : « Tu le reverras sûrement. » Desmond lui répondit par un haussement d'épaule.

Le train roulait à bonne allure, ce qui rassurait Desmond, qui en avait soupé de ce nord insupportable de tristesse et de froid, et qui se réjouissait de retrouver bientôt un peu de chaleur.

LA VIE BRÛLANTE DES BOIS ET DES FORÊTS

Les migraines ont repris ce matin. J'ai eu beau me frapper la tête contre la paroi, ça n'a rien changé, j'ai juste réussi à me crever un œil, mais Basil en a de rechange et c'est pas trop grave.

Basil, c'est moi. Avant, on m'appelait Robert ou quelque chose comme ça, mais je suis tombé malade et j'ai dû changer à cause de l'importance de la chose.

Ma maladie s'appelle Basil, pas « de basil », non, son nom c'est Basil tout court. Alors j'ai pris son nom puisque, aujourd'hui, on est comme unis par les liens sacrés et tout ce que ça comporte. Le nom, je l'ai trouvé moi-même parce que la maladie, je suis le seul à l'avoir, elle était inconnue avant, alors je me suis dit, autant lui trouver un nom sympa.

Pour l'historique, ça m'a pris quand ma femme et mes deux enfants se sont tués dans un accident de la route et que, à la morgue où je devais reconnaître les corps, j'ai confondu la frimousse de la gamine avec un poumon de Jeanne, ma femme, tellement ils étaient emmêlés.

– Il en reste pas grand-chose, hein ? m'a dit le médecin légiste en essuyant ses lunettes légistes.

Ça, ça a eu des répercussions sur ma santé. Le lendemain, ça n'a pas raté, je me suis retrouvé avec de l'urticaire plein la figure. J'ai d'abord cru qu'il s'agissait du schnaps de la veille au soir qui me tuyautait les peptides, mais ça ne m'est pas passé, au contraire, des gourmes, des bubons gros comme des oranges ont pris le relais partout, même sous les paupières, que ça me donnait des yeux de poussin tombé de l'œuf. Je me suis dit : « T'inquiète pas, mon gars, c'est hormonal, avec tout ce qu'on trafique dans le bide des ruminants. Aujourd'hui, c'est la blanquette qui était pathogène. »

Mais c'est quand trois ou quatre bubons qui se trouvaient au sommet de mon crâne ont commencé à ressembler à des petites cornes que je me suis inquiété. Mon état ne fit qu'empirer de jour en jour et il devint vite aventureux de me montrer à l'extérieur.

Quand je sortais, les gens dans la rue se retournaient avant même que j'arrive à leur hauteur. J'étais sujet à des mouvements de foule et à l'antipathie ouverte de la maréchaussée. Évidemment, au début, ça me gênait, j'ai même pensé à mettre ma tête dans une boîte avec cinq ou six trous pour les yeux, mais je finis par y prendre goût au point que je me surpris plus d'une fois à grogner ou à faire des gestes obscènes quand les gens, les jolies filles en particulier, faisaient semblant de m'ignorer. Elles faisaient alors des têtes qui me réjouissaient et me tenaient compagnie jusque dans mes rêves. Un jour, y en a une qui s'est tellement saisie qu'elle s'est mise à hurler de toutes ses forces et qu'elle est restée paralysée au milieu de la rue. Y a bien deux ou trois types qui ont commencé à m'insulter et à me cracher dessus. Moi, j'ai laissé faire, très calme, très maître de moi malgré l'hostilité du trottoir.

Quand il y a eu un bel attroupement autour de moi, je me suis mis à puer de toutes mes forces, j'ai baissé ma culotte en montrant ce qui se passait en dessous à qui de droit, j'ai fait dépasser mes yeux de partout en faisant aussi sortir ceux qui n'étaient pas encore prêts et qui n'avaient pas eu le temps de développer un emballage.

Très vite, je me fis une réputation dans le quartier. Je me cachais le jour, et la nuit je sortais. Je traînais dans les rues et les gens avaient peur. J'aimais ça, de plus en plus la ville me plaisait avec ses hauts buildings sentant l'opium informatique et la population active. Même la population indigente qui quart-mondait paisiblement touillait dans mon sommeil avec des accords d'orgues de Barbarie. J'étais chez moi. Hélas, j'ai dû tout quitter pour un trou à la campagne, histoire d'éviter la colère populeuse que les grands ensembles réservent à ceux de mon espèce.

Je me suis trouvé une sorte de trou, de grotte encaissée à laquelle les taillis qui l'entourent, s'ils peuvent paraître trop touffus ou s'ils semblent austères, confèrent en tout cas l'avantage de la discrétion.

C'est cette petite grotte humide que j'ai su, au fil des mois, arranger à ma convenance. Ici, une lampe à abat-jour diffusant sans se forcer une tranquille lumière brune, là, une dauphinelle parfumant de ses fleurs ce qui n'aurait pu être qu'une simple garçonnière.

J'ai pris soin de ne rien y mettre qui soit en trop, de sorte qu'aujourd'hui je peux rentrer chez moi avec un réel plaisir tout en gardant les avantages de cette retraite en premier lieu utilitaire. En ce qui me concerne, j'ai de très jolis yeux lapis-lazuli, je ne sais pas exactement combien, avec lesquels je ne peux malheureusement rien voir car ils ne sont pas innervés. Je ne peux voir qu'avec mes yeux marrons et mes yeux gris, les autres ne me servant à rien.

Quelques-uns d'entre eux sont posés au bout de longs tubes flexibles prenant leur origine soit sur ma tête soit dans mon ventre ou sur mes épaules, ce qui me permet de me regarder moi-même et de me faire des grimaces.

Je me découvre chaque jour une nouvelle particularité, une fantaisie que Basil m'envoie du fond de mes entrailles.

L'autre jour, par exemple, j'ai remarqué que je n'avais plus le même nombre de doigts aux deux mains, ou encore que mes orteils peu à peu avaient disparu, laissant place à une épaisse couche de peau durcie ressemblant à des sabots.

Le plus ennuyeux, ce sont les migraines. Il n'y a pas si longtemps, elles disparaissaient peu après mon réveil et je pouvais les oublier pour la journée. Ces derniers temps, hélas, je ne sais pour quelle raison, elles traînent avec moi de plus en plus longtemps dans la journée. Aujourd'hui, elles m'ont tenu jusque dans l'après-midi, m'obligeant ainsi à m'appliquer d'infectes compresses de trèfles d'eau.

Comme consolation, je me suis fait des grives à la liégeoise avec des baies amères et, au dessert, des pêches de vigne caramélisées. J'ai même débouché un Batard-Montrachet de Sauzet qu'on se serait arraché en ville à prix d'or. Un rêve.

Le soir arriva ensuite, une très belle soirée tiède avec une grosse lune bleue en plein milieu qui donnait aux choses de la forêt une couleur que j'aimais bien. Le vent sucré qui soufflait dehors me tourna un peu la tête et je décidai de sortir en ville pour fêter la chaleur de la nuit. L'animation était grande, il y avait du monde partout.

J'ai été me disloquer devant les minets d'un dancing, j'en ai attrapé un qui était très joli, je me suis enroulé autour en puant comme un fou, j'ai glué sous ses vêtements, j'ai éclaboussé sa figure comme j'ai pu, et, après quelques autres mauvais traitements, je l'ai laissé s'enfuir. Puis j'ai été faire le fou dans un cinéma pour hommes, je suis monté sur la scène en criant de cette voix bizarre et difficile à contrôler qui m'est venue un jour que les migraines étaient plus violentes, j'ai étendu mes ventouses devant l'écran et j'ai vomi sous un sunlight en créant une panique sans nom.

Puis Basil a commencé son numéro, il m'a scié pour rentrer au trou, il m'a dit qu'il en avait assez de faire le zazou et qu'on allait s'attirer des ennuis. Quand il est comme ça, il vaut mieux faire comme il dit. Alors on est rentrés.

Le matin suivant, je me suis réveillé dans une forme terrible, j'avais une faim de loup.

Il était tôt quand je suis sorti du trou. Ces heures timides de la journée sont les meilleures pour cueillir le thym, le cerfeuil ou les feuilles de laurier. Alors, la fraîcheur et la tendresse de la plante sont flattées par la rosée matinale qui s'y dépose en lourdes gouttelettes. Il faut les cueillir du côté ouest des arbres ou sous une buissonnière parce que, de cette façon, les feuilles n'ont pas encore été fatiguées par les rayons brutaux du soleil qui sinon blesseraient leurs parfums.

J'ai été faire mes emplettes chez un fermier des environs. Je frappe, il ouvre. Il reste figé en me voyant, la bouche béante, plein de terreur. Je lui ai craché du jaune dans la figure, il est tombé assis en faisant des moulinets avec ses bras devant ses yeux. Quand je crache jaune le matin, ça pique comme vous n'avez pas idée.

Comme il s'agitait sur le sol, je lui ai placé quelques coups de sabots dans les côtes et dans la figure. Du sang s'est mis à couler de son nez et de sa bouche, sombre comme le jus d'un fruit mûr. Je l'ai terminé en lui faisant un gros trou pas vivable au niveau du cou avec une de mes pointes.

Je l'ai laissé là.

Dans sa cuisine, j'ai pris tout ce qu'il me fallait et je suis rentré dans mon trou me faire une escavèche de truite aux bouchots safranés. Ayant fini le dernier Macon Village il y a plus d'un mois, avec un gigotin d'agneau Paulliac que j'avais truandé à une mère Michèle de la région, je dus me contenter d'un Bois Marie petit blanc pour me désaltérer. Le soleil encore haut achevait de torréfier la campagne. J'allai avec délice me rafraîchir dans une source toute proche et me laissai déambuler sur les sentiers, humant l'air parfumé de la journée finissante.

Le malheur voulut qu'en enjambant une clôture barbelée derrière laquelle j'avais aperçu quelques moutons, je m'écorchai douloureusement le mollet sur une bonne dizaine de centimètres. Bien que la blessure fût profonde, je préférai ne pas m'en occuper et aller prendre sur le dos des braves mérinos de quoi me fagoter une petite laine en prévision des froids à venir.

Ce fut avec une véritable joie que je me laissai courir après les moutons. J'en attrapais un, je le coinçais entre mes cuisses et lui volais son précieux pelage. La bête relâchée, elle s'enfuyait honteuse, et je reprenais ma course au milieu du troupeau terrifié.

Je rentrai épuisé. J'étendis mon butin dans un coin du trou et me roulai dedans avec satisfaction. Avant de m'endormir, je le sentis encore chaud et odorant, comme si le troupeau entier continuait à vivre avec moi, dans la nuit.

Mon réveil me réservait une bien triste surprise. Mon mollet m'élançait cruellement jusqu'en haut de la cuisse. Quand je le regardai, son volume avait triplé et, le barrant comme une frontière, la plaie infectée avait pris la couleur de la terre. Je me fis une décoction cautérisante d'aspérule avec de l'aconit bleu et y trempai ma jambe malade. Je l'y laissai longtemps mais sans autres effets que de faire légèrement sécher la plaie.

Peu après, je fus pris de sueurs froides et je dus m'étendre. Ma tête s'était mise à tourner et semblait au bord de l'éclatement. Il n'y avait pas de doute, l'infection empirait. Pour faire tomber la fièvre, j'essayai quelques baies de morelle noire dont le goût infect faillit me faire tourner de l'œil. Cela me donna toutefois un peu de répit et me permit de trouver le sommeil.

À mon réveil, la douleur était encore plus forte et plus étendue. En dernier recours, je pris une pleine poignée de belladones que ma faiblesse me fit manger crues. Je m'endormis aussitôt.

Les images troubles et sonores du délire me sont

venues alors, me laissant grelottant sur la laine ou m'emportant avec elles dans leur univers en désordre. Je ne sais combien de temps je restai ainsi, des heures, des jours sans doute, mais une après-midi le vent de l'infection finit par tomber. Je restai un moment étendu, la tête encore lourde. Des sensations étranges me parcouraient le corps et, pourtant, je ne me sentais plus mal, seulement un peu faible. Je me levai encore engourdi, je fis quelques pas jusqu'à la source où je trempai plusieurs fois ma tête. Et c'est là, dans le miroir que l'eau claire offrait à mes yeux, que je constatai l'horrible ravage de ma récente maladie.

Les quelques cornes que je portais sur le front avaient disparu, sur mon visage il ne restait que deux yeux idiots, les autres s'étant refermés sans laisser la moindre trace. Dans ma bouche, je ne sentais plus vibrer ma langue bifide, plus de ventouses, plus de pointes, plus de tubes à cracher du jaune, plus rien. J'avais un visage d'homme.

Je restai un long moment à me regarder dans l'eau de la source et j'éclatai en sanglots comme un enfant. La maladie avait emporté la maladie, Basil était mort, emporté lui-même par une infection encore plus forte et me laissant sain. Sain.

Je sortis.

Dehors, le soleil inondait la vallée en marquant sur le sol les ombres distordues des arbres. Très loin, on devinait le ronronnement de la ville au travers des innombrables bruits de la campagne.

Une légère brise parvint jusqu'à moi et m'embrassa le visage. La nature se laissait vivre avec générosité, de la terre jusqu'au ciel, et je me tenais debout, face à elle, comme un étranger.

Je me suis pendu à une branche de peuplier. Haut et court, comme les voleurs de chevaux dans l'Ouest implacable.

LA VIE SANS LIGNE D'HORIZON

Allez savoir pourquoi j'étais parti. Peut-être pour prendre des vacances, de longues vacances, ou alors simplement pour partir, changer de trottoir et changer de ciel, on efface et on recommence.

On roulait depuis plus d'une heure en suivant les lacets que faisait la route le long de la mer. De temps en temps, le type de l'agence faisait aller les essuie-glaces de gauche à droite pour essuyer les gouttes d'eau salée qui volaient jusqu'au pare-brise.

– Une chance qu'il ne pleuve pas, en plus, disait-il.

Je l'approuvais bravement.

Il prit un chemin qui montait sur la droite à travers un petit bois mal entretenu et se gara devant la maison.

– Voilà, comme on vous l'avait décrite.

Une grosse maison, trapue, construite en rectangle à une centaine de mètres de la plage.

– Ici, c'est le calme garanti, peu de gens aiment le climat et la mer est trop froide pour se baigner.

– Depuis quand est-elle inhabitée ? demandai-je.

– La dame est morte il y a trois mois, et depuis la maison est en vente.

– Morte comment ?

– Morte simplement dans son sommeil, elle était très âgée.

– Et ça, c'est quoi ? dis-je en montrant une grande tache jaune sur la façade.

– Ce n'est rien, des champignons qui profitent de l'humidité, ils sont superficiels et ne font aucun dégât.

Il ouvrit la porte avec une petite clé toute neuve. On entra dans le hall, il faisait plus froid qu'à l'extérieur.

– Ça fait pas mal de temps qu'on n'a plus chauffé, me rassura-t-il.

Il planait une drôle d'odeur un peu âcre.

– Vous voulez que je vous fasse visiter ?

– Non, je vous remercie, je vais m'installer.

– Vous comptez passer la nuit ici ? me demanda le type de l'agence.

– Bien entendu, je suis chez moi, n'est-ce pas ? Ne vous inquiétez pas, j'ai pris quelques affaires avec moi qui me suffiront pour ce soir.

Il hocha la tête d'un air résigné.

– Bien, alors je vous laisse, si vous avez besoin de quoi que ce soit, vous avez le numéro de l'agence. Le téléphone est dans le salon, on l'a rebranché hier avec l'eau, le gaz et l'électricité.

Je le remerciai et il me quitta.

Et voilà, j'étais debout au milieu du hall, ma grosse valise boueuse à mes pieds, et je me disais que ça valait bien la peine de partir si c'était pour me retrouver chez moi à peine arrivé. Finalement, je ne m'étais senti bien que pendant le voyage. Je déteste de plus en plus toute sensation d'ici et de maintenant, ça me fiche la trouille, j'ai l'impression que ça arrange une saloperie qui traîne derrière mon dos et qui ne demande qu'à me sauter dessus par derrière.

Le salon paraissait d'autant plus grand qu'il était vide. Quatre fenêtres dans le fond donnaient sur une mer grise et blanche qui s'agitait à quelques centaines de mètres en contrebas. Ce qui me frappa, c'est que sur les quatre murs il y avait des taches jaunes, comme sur la façade, les champignons avaient l'air de prospérer dans toute la maison.

À l'étage, où se trouvaient trois chambres et une salle de bains, je trouvai les mêmes taches. En m'approchant, je me rendis compte qu'elles étaient la source de l'odeur âcre que j'avais remarquée en arrivant. Demain, j'allais téléphoner à l'agence et leur demander des explications.

Je remarquai avec plaisir que les déménageurs avaient laissé le lit et son vieux matelas dans la chambre à coucher. J'eus une drôle d'impression en me rappelant que c'était là qu'était morte la petite vieille, et un réflexe me fit ouvrir la fenêtre. Une bonne giclée d'air marin allait débarrasser la chambre de ses mauvais souvenirs.

Les deux autres chambres étaient vides. Sur les murs d'un blanc sale se dessinait encore la silhouette moins sale de différents objets : une petite commode, un cadre, un autre cadre, la haute trace d'une horloge.

Une trappe s'ouvrait sur un grenier glacial où venaient mourir tous les courants d'air de la maison. On y avait oublié quelques reliques d'une autre époque : un vieux tapis tombant en morceaux, quelques livres sans intérêt et même un album de photos que je pris avec moi avant de redescendre.

Je m'étais installé dans le salon, éclairé depuis le plafond par une ampoule minuscule, et je feuilletais l'album. Comme il avait commencé à faire froid, j'avais allumé le petit radiateur électrique et je me tenais collé près de lui, allongé sur le parquet. C'étaient des photos noir et blanc d'hommes et de femmes élégants dans des poses avantageuses et toujours accompagnées d'une petite phrase au crayon.

Une fillette aux cheveux clairs et aux souliers luisants : Victorine, sept ans, 1906.

Un garçon en costume, appuyé contre une colonne en carton : Pierre, douze ans, 1906.

La fillette de tout à l'heure, devenue jeune fille, un chapeau à la main : Victorine, vingt ans.

Et puis d'autres photos, des parents, des cousins, des amis qui me souriaient docilement depuis leurs cadres en dentelle de carton. Toute une partie de l'album, intitulée *Victorine chez elle*, était consacrée à Victorine dans la maison. Sur la terrasse, assise devant une table dans la salle à manger, sur un des fauteuils disparus du salon, se coiffant devant la glace de la salle de bains.

Les photos étaient belles mais ne masquaient pas son physique un peu ingrat : trop ronde, un joli visage, mais un nez dévorant. Les dernières pages de l'album montraient Victorine enceinte. Cette série de photos commençait au troisième mois et se poursuivait jusqu'au neuvième. Devant moi, le ventre de Victorine grossissait, grossissait et elle posait devant l'objectif, une main sur le ventre, allongée sur un divan ou debout devant une fenêtre. Je refermai l'album.

Le lendemain, je visitai la propriété autour de la maison. Malheureusement le temps s'était gâté et les nuages gris fondaient en une bruine glacée qui avait tout trempé en quelques heures.

Du côté du chemin qui menait à la route, ce n'était que taillis et arbustes informes entremêlés en une demi-jungle grouillante de lapins et de mulots.

Du côté de la façade arrière, orientée vers la mer, le terrain sableux ne laissait pousser qu'une herbe rousse et quelques variétés de mousse qui plongeaient le long d'une petite falaise jusqu'à une plage de galets. Je descendis le long d'un escalier en bois et parvins à la plage. Je marchai quelques instants parmi les déchets et le goémon que la marée basse avait laissés derrière elle, finalement je commençais à me plaire.

Il y avait une petite épicerie, à quelques kilomètres de là, et je me fis livrer des provisions pour quelques jours. Le type de l'agence me trouva un frigo d'occasion et une plaque de cuisson. Pour l'instant, cela me suffisait, ce vieux lit. Le radiateur me procurait suffisamment de confort pour que je n'éprouve pas le besoin d'autre chose.

En une semaine, je m'étais tout à fait habitué à la maison, il n'y avait que les champignons et leur drôle d'odeur qui me gênaient, mais c'était un détail. Tout allait bien.

Pour l'instant tout allait bien. Mais j'aurais dû savoir, j'aurais dû le sentir, que la saloperie dont j'ai parlé se préparait effectivement à me sauter dessus. Je n'aurais jamais dû rester immobile entre ces murs, entouré par ces champignons.

Le soir tombait, il faisait presque noir et l'obscurité arrangeait tout à sa façon. La nuit autour de la maison ressemblait à une purée où se mélangeaient des couleurs et des formes et dans laquelle s'amplifiait le souffle de la mer. J'étais resté sur la terrasse plusieurs heures, mais maintenant il faisait trop froid et je rentrai en frissonnant.

Depuis une semaine que j'étais ici, je n'avais pas encore eu la curiosité de visiter la cave. Ce soir, j'étais curieux.

La porte était au fond du hall et partait vers les fondations en filant sous l'escalier. Je pris une lampe, ouvris la porte et commençai à descendre les premières marches d'un escalier en pierre. Il faisait très froid et très humide, l'odeur âcre était encore plus prononcée que dans le reste de la maison et me fit tousser plusieurs fois. Je descendis une dizaine de marches en m'éclairant de ma lampe et arrivai dans la cave, une vaste pièce entièrement vide à l'exception de quelques chiffons gras qui traînaient dans un coin. Je remontai, un peu déçu. Et c'est en remontant que je fis une découverte.

Le mur de gauche était percé d'une étroite ouverture, juste assez grande pour laisser passer un homme. J'y passai la tête. L'ouverture, après un rebord en pierre, plongeait dans une fosse assez profonde. Lorsque j'en éclairai le fond, je vis, vissées à la paroi, deux courtes chaînes terminées par des anneaux en fer.

C'était incroyable, il y avait des oubliettes dans la maison, avec une paire de menottes comme si on y avait retenu un prisonnier.

Je retrouvai le salon avec soulagement et m'installai près du radiateur. Une désagréable impression m'avait envahi. La maison était confortable, les alentours plutôt jolis, et il fallait que je découvre cette trappe, cette oubliette crasseuse au fond de la cave.

Qu'est-ce qu'une petite Victorine pouvait faire avec cette paire de menottes, quel passé sordide avait dû connaître cet endroit ? Je n'aurais pas dû rester immobile. Une fois immobile, le passé vous rattrape et, avec lui, tout ce qui a eu le temps de pourrir dedans, comme s'il s'agissait d'une mare où auraient coulé des charognes.

Je regardais par la fenêtre, depuis mon lit où j'avais passé les quelques heures de nuit. Le ciel clair annonçait une belle journée, phénomène plutôt rare en cette saison de pluie et de grisaille perpétuelles. Le soleil mettait la mer de bonne humeur, qui lui renvoyait ses rayons en des centaines d'éclats dorés. J'imagine que les poissons devaient être heureux face à un tel feu d'artifice. Je restai allongé quelques minutes, laissant mes yeux vagabonder sur les murs et le plafond. J'essayai d'estimer de combien les champignons s'étaient étendus depuis mon arrivée, ils avaient sûrement doublé en surface, si bien qu'aujourd'hui il y avait plus de murs jaunes que de murs blancs. Il fallait que je me décide à téléphoner à l'agence.

La marée basse avait fait se retirer la mer sur une bonne centaine de mètres, me laissant une large plage de galets qui n'avait plus rien à voir avec l'étroite bande de l'autre jour. D'abord, je me baignai, l'eau encore très froide se pressait contre ma poitrine et durcissait mes muscles, m'empêchant de trop m'éloigner. Heureusement, le soleil me sécha rapidement. Rafraîchi, je décidai de pousser la promenade de l'autre jour jusqu'à un petit cap que le mauvais temps m'avait jusqu'alors caché. Je marchai jusque-là, glissant et trébuchant sur les pierres humides, et fis une découverte intéressante. Juste après le cap, sur le flanc de la petite falaise, je découvris l'entrée d'une grotte.

Ce n'était pas vraiment une grotte, l'ouverture ne donnait que sur une galerie de trois ou quatre mètres de long, de sorte que la lumière du soleil pouvait pénétrer jusqu'au fond.

À droite en entrant, je remarquai une sorte de dessin d'enfant représentant une fillette gravé sur la paroi, avec en-dessous la mention MOI. À gauche, encore un dessin, un garçon cette fois, avec la mention TOI. Dans le fond de la grotte, un dernier dessin représentait un bébé dans un landau.

La naïveté des dessins m'émut, sans doute s'agissait-il d'enfants amoureux, comme il y en a quelquefois, qui auraient trouvé ici un confortable refuge. Peut-être était-ce Victorine et ce Pierre que j'avais vus dans l'album. Et je me plus à imaginer la même après-midi un siècle en arrière.

Des rires d'enfants me parvenaient, venant du terrain surplombant la falaise. Victorine courait en poussant un cerceau blanc et rouge devant elle. Les rires et la course ne la rendaient pas très jolie : toute rouge et toute humide de joie, son gros nez et ses bonnes joues luisant au soleil. Pierre la poursuivait avec des mouvements de brute, comme on en a à douze ans, et la rattrapait sous un arbre. Ils se disputaient le cerceau.

Et puis une vieille femme arriva qui ne cadrait pas avec l'arbre, le soleil et les enfants. Il ne lui restait presque plus de vie, juste un peu de vie morose pour faire tenir ses quatre membres à son vieux tronc.

– Quand vas-tu cesser d'embêter Victorine ? cria la vieille femme.

Pierre ne sut quoi répondre. Embêter Victorine lui semblait dans l'ordre des choses, il n'y pouvait rien.

– Rentre à la maison, tes parents ont fini de déjeuner et vous allez bientôt rentrer. Victorine, regarde ta robe, tu devras te changer. La vieille femme déjà presque morte leur tourna le dos et retourna vers la maison suivie par Victorine, honteuse dans une robe tachée de sueur.

Pour la centième fois, j'étais allongé à côté du radiateur à feuilleter l'album de photos. À force de tourner et de tourner ces pages qui étaient trop longtemps restées fermées, quelques photos commençaient à se décoller.

Une des photos de Victorine enceinte, celle du septième mois, où elle se tient devant la fenêtre du salon, se décollait presque tout à fait et je n'eus qu'un geste à faire pour la détacher. En retournant la photo, je fis une nouvelle découverte. Une phrase était griffonnée au crayon : « Mon cul est un trou à rat. » Le cœur battant, je retournai d'autres photos de Victorine enceinte et découvris d'autres phrases : « Mon ventre est un vide-ordures », « Ma culotte est un sac à merde », « Mon soutien-gorge est une fosse septique ».

Je restai abasourdi. À demi couché dans la chaleur piquante du radiateur électrique, l'esprit gêné par les pulsations marines, je me perdais de plus en plus dans des conjectures sans queue ni tête. Cette trappe et ces chaînes à la cave, ces photos griffonnées d'insultes que Victorine s'adressait à elle-même et à son enfant, et puis les étranges visions de cet après-midi… À ce moment, je sus que je devenais fou.

On frappa à la porte.

– Bonsoir, fit le type de l'agence.

– Bonsoir.

– Comme ça ne répondait pas, j'ai décidé de passer pour voir de quoi il retournait avec ces champignons.

Je le fis entrer. Il grimaça.

– Mon Dieu, quelle odeur épouvantable ! Comment faites-vous pour tenir ?

– Je m'y suis habitué.

– Eh bien bravo ! Écoutez, je ne comprends pas ce qui est arrivé ici, mais on va vous débarrasser de cette pourriture.

Il me demanda de lui montrer le salon et les chambres à l'étage. Sans arrêt il répétait : « Mon Dieu, mon Dieu ». Il faut dire qu'il y avait de quoi, la maison était jaune depuis les parquets jusqu'au plafond, et les champignons avaient même commencé à envahir les fenêtres.

Le type était blême. Il avait sorti un mouchoir qu'il tenait collé contre sa bouche.

– Demain, on viendra vous enlever tout ça.

– Je vais vous demander un service.

– Vous voulez rentrer en ville avec moi ?

– Non, non, je voulais vous demander… ne faites rien pour les champignons, je m'en occuperai tout seul.

– Tout seul, mais vous n'y arriverez jamais !

– Mais si, maintenant vous devriez rentrer chez vous, vous n'avez pas l'air bien.

– C'est exact… Cette odeur de charogne… Vous êtes sûr que ça ira ?

– Tout à fait, il n'y a aucun problème.

– Bien, mais n'hésitez pas à téléphoner en cas de besoin.

Il me quitta avec un soulagement visible.

Je venais de m'enfoncer un peu plus.

Des mouettes poussiéreuses se laissaient porter par le vent et éclataient de rire en passant au-dessus de ma tête.

Le monde est plein de choses horribles, je me disais. Y a qu'à gratter un peu pour tomber sur les couches inférieures qui n'ont jamais vu le soleil, et plus on gratte plus on s'enfonce, et plus on s'enfonce plus c'est horrible.

Tout au-dessus, la couche la plus mince et la plus fragile, c'est la réalité : celle-là, il suffit d'éternuer pour qu'elle s'arrache par pans entiers, et une fois qu'elle a commencé à se décoller, c'est fichu, vous tombez Dieu sait où hors du monde des vivants, et là où vous êtes, faut compter sur personne pour vous tendre la main.

Une mouette plongea vers la mer et saisit dans son bec un poisson gris. Je continuai ma promenade, protégé de la pluie par un vieux ciré et des bottes de marin en caoutchouc. Je me creusais la tête : Victorine, l'enfant, les insultes, les menottes.

De gros coups de vent salé m'arrivaient en pleine figure chargés de sable et d'écume ; je décidai de faire demi-tour. Au loin, devant moi, la maison avait elle aussi l'air de frissonner. Et là je compris : dans le ventre de Victorine, c'était moi. À force de gratter, j'avais fini par ouvrir une blessure en plein dans le front du sens commun, et cette blessure s'était mise à saigner.

J'arrivai à la maison essoufflé d'avoir couru, et à peine m'étais-je débarrassé de mon manteau et de mes bottes trempées que je replongeai dans les pages de l'album.

J'y étais, dans ce ventre rond, fœtus dans l'apesanteur du liquide amniotique, étourdi de mon demi-sommeil aux rêves élémentaires. J'ai rêvé que j'avais chaud, j'ai rêvé que quelque chose de bon arrivait dans mon ventre, j'ai rêvé du cordon. Je laissais mes os se durcir et mes muscles s'y coller, je vivais dans un univers ordonné, stable, autosuffisant, j'étais l'univers. Mon cerveau encore trop lisse ne savait rien, mais il n'avait pas besoin de savoir, et mes deux gros yeux clos ne voyaient rien, mais ils n'avaient pas besoin de voir. Je n'avais qu'à flotter sans effort, sans question, encore tout envahi du néant dont je venais de m'extraire, tel était mon rôle. « Mon cul est un trou à rat. » « Mon ventre est un vide-ordures. » Pourquoi Victorine avait-elle griffonné ces phrases, pourquoi ?

Les murs de la maison étaient tapissés d'une épaisse couche jaune et odorante. Quelquefois des plaques de champignons se détachaient du plafond et tombaient sur le sol en soulevant des nuages de poussière. À certains endroits, je m'enfonçais jusqu'aux chevilles. La lumière ne passait presque plus et j'étais obligé de m'éclairer à l'électricité en pleine journée ; même l'eau qui coulait dans l'évier était jaune et tiédie par le processus de pourrissement.

Hier soir, avant de m'endormir, j'ai remarqué une tache jaune sous mon œil droit. J'ai eu beau frotter, elle a résisté, et j'ai dû me rendre à l'évidence : j'étais à mon tour l'hôte des champignons.

Déjà, ce matin, la tache avait considérablement grandi. Elle entamait ma joue et une partie de mon cou.

Je me suis installé sur la terrasse.

La pauvre Victorine le savait, ses jeux gâchés par la sorcière, elle-même devenant mère et bientôt sorcière, le familier est biodégradable. Il faut fuir le familier ou s'amarrer pour éviter de couler avec lui.

Je suis descendu à la cave.

La cellule était très petite, je ne pouvais ni étendre mes jambes, ni me tenir droit. Je refermai les deux menottes sur mes poignets. Dorénavant, impossible de les ouvrir.

Maintenant, je suis bien. Plus rien ne me parvient du dehors, ni son ni lumière, ni l'odeur de champignon. Bientôt viendra le temps béni où tout ce qui se passe m'aura oublié.

EN LETTRES DE FEU DANS LE CIEL DU SEIGNEUR

– Tu te rappelles la petite blonde ?

– Chez Franky ?

– Ouais, chez Franky.

– Hé bien quoi, la petite blonde ? je demande.

– Je me la suis faite.

– Ha…

– Et de Julie, tu t'en souviens, tu trouvais qu'elle ressemblait à une actrice ?

– À Laureen Baccal.

– Je me la suis faite aussi.

– Hé ben !

– Et la serveuse qui zézéyait ?

– Tu l'as baisée ?

– Non.

– Pourquoi ?

– C'était une salope. « Ze veux te zuzer, ze zuze bien », c'est tout ce qu'elle disait.

L'Afrique était un beau pays, mais je sentais bien que Zalman se faisait chier. Quand il se faisait chier, il me racontait sa vie qu'il m'avait déjà racontée des milliers de fois, mais ça m'amusait parce qu'il rajoutait toujours l'un ou l'autre détail pour un peu pimenter ses histoires.

Momo aussi se faisait chier, il passait ses après-midi dans son hamac à roupiller ou à graisser son fusil, et le soir il allait traîner dans le modeste bordel du village, pas pour baiser, juste pour boire et regarder les filles.

Momo disait qu'il n'avait pas envie qu'une de ces gamines lui refile une saloperie, mais Zalman et moi on savait bien qu'il s'était lui-même envoyé une balle dans les couilles quand son père lui apprenait à tirer, et que depuis, même si les chauves-souris s'y étaient mises à quatre, il aurait pas pu bander.

Ça faisait deux mois qu'on était arrivés pour faire ce safari. Au début, c'était plutôt marrant : on butait des bestioles à longueur de journée, on butait des girafes, des éléphants, des gazelles, mais on butait surtout des gnous. On butait tellement de gnous en une seule journée qu'on était surpris d'encore en trouver le lendemain, j'aurais jamais cru qu'il y en avait autant.

C'était facile. Un petit guide black se fichait au volant d'un camion sans bâche, et nous trois on montait derrière avec nos fusils et quelques chargeurs. Il nous conduisait jusqu'à un bon endroit et puis il s'arrêtait et nous laissait tirer.

On en butait chacun une dizaine avant que le troupeau s'affole. Alors il mettait le camion en route et on en butait tout en roulant, encore une dizaine chacun. C'était bien, mais deux mois...

Alors, quand on en a eu assez, on a essayé autre chose. On a commencé par les springbocks parce qu'ils sont moins faciles à tirer que les gnous, mais Zalman râlait parce qu'il aimait bien les springbocks et que ça lui arrachait les tripes de devoir les flinguer ou de nous voir le faire. Puis on est passés aux grands fauves, les lions, les jaguars, mais ces animaux-là, il suffisait de les cueillir à l'heure du midi, où ils sont complètement abrutis par le soleil, et on pouvait les tirer à bout portant sans qu'ils s'en aperçoivent.

Au bout de deux mois, Zalman, Momo et moi, on commençait sérieusement à se faire chier.

Zalman est plutôt grand et plutôt brun, avec une belle gueule de bête fauve et des yeux qui suivent. Alors les nanas, quand elles le voient, elles ne pensent plus qu'à se caler dans le tiroir-caisse, à croire que deux millions d'années d'évolution n'ont servi qu'à inventer la serpillière. Et lui, comme un bon con de prédateur qu'il est, il suit, et sa nouille avec.

Momo, ça serait plutôt l'inverse. Déjà, côté slip, il collectionne les courants d'air, mais en plus il fait pas très soigné.

On lui dit :

– Momo, tu perdrais pas dix kilos ?

– Non.

– Cinq kilos ?

– Non.

– Un kilo alors, rien qu'un.

– Non, non ! Foutez-moi la paix.

En plus, il n'est pas très propre sur lui. En fait, il ressemble à une sorte de grosse chenille suante et bruyante dans son hamac.

Depuis deux mois qu'on est là, on loge chez le vieux N'dour, une vénérable pelure sombre qui tient une pension de famille à l'entrée du village avec l'aide de toute sa famille : les deux fils, leurs deux femmes et leurs huit enfants qu'on arrête pas de mélanger tellement ils se ressemblent.

Y en a quand même une qu'on ne confond pas, une des aînées qui doit bien avoir seize ou dix-sept ans, jolie comme une gazelle avec un corps en chocolat qu'on a envie de faire fondre sur la langue.

Zalman ne la regarde même pas.

– Quand tu manges une banane verte, t'as mal à l'estomac, quand tu manges une mangue verte, t'as mal à l'estomac. Même chose pour les gamines, qu'il dit.

– Mais elle est pas verte, elle est noire, fait Momo.

– T'es con, Momo.

Parce que Momo, rouge ou vert ou noir, il les regarde quand même avec des yeux exorbités et les coins de la bouche qui débordent.

– T'es écœurant, Momo.

Momo le sait bien mais il s'en fout.

À part la pension de famille et le bordel, le

village compte quatre ou cinq huttes pour une vingtaine d'habitants, de braves gens vivant sans effort de chasse et de pêche et d'un peu de magie.

Tout autour de nous, la forêt, la savane et même quelques montagnes, au loin, pour récolter les nuages quand le soleil se couche.

Une fois tous les trois mois, l'hélicoptère du médecin et du courrier vient troubler la vie monotone du village à grands coups de pales et de douloureuses injections de vaccins. C'est lui qui nous a conduits jusqu'ici... Encore un mois avant qu'il vienne nous rechercher, je me demandais bien comment on allait pouvoir tuer le temps.

C'est Zalman qui a eu l'idée.

On était tous les trois assis devant la petite baraque en bois et on regardait aller et venir les habitants du village.

– Combien il nous reste de cartouches ? a demandé Zalman.

– Encore plus de la moitié, je dis.

– Même si le village était cent fois plus grand, on en aurait encore assez alors.

– Pour quoi faire ?

– Pour flinguer, tout flinguer, partir à la chasse aux pelures et les flinguer.

L'idée n'était pas bête, et l'idée du long mois qu'on avait encore à passer ici achevait de me décider.

– On pourra jouer avec les gazelles ? demanda Momo.

– Sûr qu'on pourra.

– Et on pourra leur couper les couilles ?

– Toutes les couilles que tu voudras, Momo.

– Je marche, dit Momo.

– Moi aussi je marche, j'ai dit.

Zalman eut l'air content. Il s'est levé, il est rentré et revenu avec nos trois fusils et quelques chargeurs.

– On attendrait pas demain ? je lui ai demandé. Je n'aimais pas flinguer à froid, je veux dire sans m'y être préparé depuis la veille.

– Pourquoi demain ? Aujourd'hui le temps est splendide, ciel clair, pas de vent, peu de mouches.

Zalman s'est levé, a enfoncé son chargeur sous la fenêtre d'éjection, a épaulé son fusil et visé une femme aux seins ridés qui passait à quelques mètres. Le coup partit avec un bruit de tonnerre et la femme s'écroula, nez dans le sable, une balle logée dans le bas du dos. Une nouvelle détonation retentit, venant de Momo. Un jeune homme hurla et s'effondra en se tortillant.

– Mal visé, le gros ! se moqua Zalman.

Les gens sortaient de leurs huttes, sans comprendre les deux coups de feu si proches qui venaient d'éclater.

Un cri retentit d'une fillette ayant aperçu le cadavre du jeune homme, puis d'autres cris, et bientôt un mouvement de panique s'empara du village.

À mon tour, je me levai, ajustai convenablement ma lunette et commençai à tirer un peu au hasard dans la petite foule qui courait devant nous.

Je tuai deux hommes et blessai un petit garçon à la cuisse. Zalman et Momo étaient partis chacun de leur côté. J'entendais leurs détonations à intervalles réguliers et, de temps en temps, un blessé passait devant moi, la main à l'épaule ou la main au front, avant que je l'achève. Je ne sais pas combien de temps dura le massacre, mais le calme finit par revenir.

Devant moi, il y avait tout un tas de pelures étendues dans le jus, beaucoup de rouge et un peu de noir qui faisait ressembler la poussière à un tissu écossais ou à un drapeau allemand d'une autre époque.

En moins de dix minutes, on avait rayé le petit village de la carte de l'Afrique. Ça me laissait une drôle d'impression et j'eus peur une seconde que, là-haut, un Tout-Puissant ait noté le forfait avec mon nom à côté pour pas m'oublier.

Zalman arriva, il nettoyait son fusil.

– Alors ? il m'a demandé.

– Pas mal, j'ai dit, mais c'était rapide.

– J'en ai vu filer au moins une dizaine dans les hautes herbes, faudra aller les chercher.

Je ne voyais pas revenir Momo quand j'entendis des cris dans notre pension de famille.

– Pauvre petite gazelle, a fait Zalman.

Puis les cris ont cessé brusquement et on a vu arriver Momo qui regardait de gauche à droite, l'air de rien.

– Y en a qui ont filé, je lui ai dit.

Momo avait un regard un peu absent et j'ai dû lui répéter plusieurs fois avant qu'il me remarque.

– Hé bien, courez-leur derrière si ça vous amuse, moi je passerai encore quelques jours ici, il a fini par dire.

Et j'ai remarqué que la petite gazelle gisait juste sur le perron de la pension, aussi nue et aussi maigre qu'un bâton de réglisse.

– Elle est pas morte, si c'est ça que tu te demandes, a fait Momo. Une grosse frayeur l'a envoyée dans les étoiles. À croire qu'elle n'avait jamais vu une nouille de blanc.

– On va y aller tous ensemble pour buter ces pelures, gazelle ou pas, a dit Zalman sur un ton qui ne prêtait pas à discussion.

Momo s'est retourné vers la pension, il est resté immobile quelques instants avec un air de regret puis, comme s'il s'était rappelé quelque chose, il a couru vers le corps étendu.

– On y va, mais je l'emporte, a-t-il crié.

Et il revint, la gamine chargée sur l'épaule.

– T'as l'air malin avec ta gazelle. C'est encore plus joli que dans les rêves de Luther King, j'ai dit.

– Qu'est-ce que tu veux en faire ? De toute façon, il te manque la moitié de la braguette.

Je sais pas ce qu'aurait fait Momo si ça avait été un autre que Zalman à lui dire un truc pareil, mais il fit semblant de ne pas avoir entendu.

Voyant que toute tentative serait inutile, Zalman laissa tomber.

Le soleil d'Afrique flotte dans l'air humide, rouge et vibrant comme un œuf, c'est un soleil mou qui épuise et qui dessèche. La terre s'appauvrit et se ride comme une petite vieille qui va mourir, les hommes sont noirs comme de vieilles pelures et les arbres qui ne donnent que peu d'ombre ont le feuillage aplati et vaincu par la chaleur.

On avait chacun son fusil et trois chargeurs. Momo avait pris avec lui la petite gazelle qui faisait l'inanimée sur ses épaules alors qu'elle était réveillée depuis un bout de temps.

– T'as intérêt à la surveiller si tu veux pas la laisser filer, j'avais dit.

Alors Momo l'avait déposée par terre, il l'avait un peu secouée pour lui faire ouvrir les yeux et il s'était mis à gueuler.

– Si tu files, je te bouffe toute crue.

Puis il l'avait remise sur son dos d'un air satisfait.

– Comme ça, ça ira.

On marchait depuis une heure quand on aperçut un petit groupe de trois ou quatre pelures qui détalait devant nous.

Zalman et moi, on s'est mis à leur courir derrière, sans Momo qui surveillait sa gazelle.

On en rattrapa rapidement un et je reconnus le vieux N'Dour qui tomba à genoux devant nous. Il faisait des moulinets avec ses vieux bras, les tendait vers nous dans des gestes dramatiques et disait des choses que nous ne comprenions pas.

Zalman lui posa le canon du fusil sur le front et tira.

Un morceau de la tête de N'Dour alla se perdre dans les hautes herbes à quelques mètres tandis que le corps retombait inanimé.

– Badaboum, fit Zalman.

Évidemment, les autres étaient déjà loin, mais on allait finir par les rattraper.

Ces gens n'aiment pas trop s'éloigner de leur village. On les connaissait, ils n'oseraient jamais s'aventurer au-delà d'un rayon de cinq kilomètres. Il se pouvait même qu'ils aient déjà rejoint leurs huttes et que nous les y trouvions à notre retour, accroupis dans leur effroi par petites grappes de même famille qu'il nous suffirait d'ajuster correctement.

Quand on l'a rejoint, Momo surveillait toujours sa gazelle qu'il avait fini par déposer sur le sol. Elle, elle regardait ailleurs, les yeux mi-clos sur un regard lointain.

– Alors ? il nous a demandé.

– Un de moins, j'ai dit, l'hôtelier.

– Son papa, a dit Zalman en indiquant la gazelle.

– Ça en fait une petite orpheline, remarqua Momo avec justesse.

Nous avons encore marché deux bonnes heures à la recherche de fuyards, mais sans succès. Comme la nuit commençait à tomber, nous décidâmes de nous arrêter et de monter les tentes. Momo sortit de son sac un paquet de fruits et de viande séchée qu'il avait emporté et que nous mangeâmes tous trois de bon appétit.

La gazelle refusa tout ce qu'on lui offrit. Quand Momo, qui s'inquiétait de la voir dépérir, usa de la force, elle prit quelques morceaux dans sa bouche mais qu'elle vomit tels quels un instant après.

Enfin, quand nous eûmes chacun rejoint notre tente, Momo fit un tel boucan que nous ne pûmes nous endormir avant une bonne heure, bercés par les sanglots étouffés de la petite orpheline.

Le lendemain matin, il nous fallait faire le point.

– Je crois qu'il vaut mieux retourner au village, j'ai dit.

Zalman approuva, Momo s'en foutait, sa gazelle avait fichu le camp pendant la nuit et il grognait comme un bouledogue des injures à l'inconstance.

Quand on s'est approché du village, on a tout de suite remarqué qu'il y avait du monde. Un peu de fumée s'élevait d'une hutte, on avait mis à sécher de la viande et puis tous les cadavres avaient été enlevés. Effectivement, les pelures étaient rentrées, peut-être une dizaine, jugea Zalman.

Nous mîmes au point un plan d'attaque et d'anéantissement du village. Pour réussir, il suffisait de les encercler et non pas de se jeter sur eux de front comme nous l'avions fait la première fois.

Je me plaçai au sud, Zalman alla au nord et Momo à l'est. Le premier coup de feu de Zalman serait le signal. Le coup partit quatre minutes environ après que nous nous soyons séparés. Aussitôt, je sortis des herbes et me précipitai vers les huttes.

Un jeune homme sortit ventre à terre de la hutte la plus proche et je le cueillis en plein élan, il fit un bond impressionnant et roula sur plusieurs mètres avant de rester immobile.

Une poignée de pelures sortirent encore que je clouai sur place sans difficulté, d'autres restèrent tapies au fond de leurs petites cavernes de paille et je dus aller les y chercher.

Quand la fusillade fut terminée, je retrouvai Zalman et Momo au centre du village. Momo était rayonnant, il tirait derrière lui, en la tenant par le poignet, la petite gazelle qui avait dû regagner le village pendant la nuit.

– Regardez qui est revenu parmi nous, il a dit en l'empêchant de gesticuler.

Évidemment, un imprévu est rapidement apparu : nous avions viandé toutes les pelures du village et elles restaient là les tripes emmêlées au soleil, aussi amorphes que pouvait l'être la mort. Et l'ennui, que nous avions pourtant réussi à tromper deux jours, était revenu aussi vite qu'il était parti.

On restait tous les trois dans notre coin : Zalman à maugréer dans son hamac, et moi dans le mien à l'écouter. Pour Momo, ça avait l'air d'aller, il passait ses journées à inventer des machins pour la petite gazelle dont la docilité acquise en quelques jours n'en finissait pas de me surprendre. L'autre jour, Momo a eu l'idée de lui faire mettre quelques pièces de lingerie à paillettes dorées qu'il avait récupérées dans le bordel et de la faire travailler comme ça dans les champs. C'était drôle de la voir cueillir du manioc et rentrer des chèvres, petite abeille jaune et noire tout agitée et inquiète de travailler sans musique.

Et puis le temps passait lentement, affaibli comme nous par la chaleur et l'humidité. La vie était devenue difficile.

Quand le vent tournait, l'odeur de tous les cadavres, que nous avions pourtant éloignés du village, nous revenait en pleine figure, une horrible odeur ammoniaquée qui faisait tousser.

Et avec elle, des hordes de mouches toutes vibrantes et toutes noires, horribles petites charognardes cherchant l'entrée de nos narines, de nos bouches, ou les coins de nos paupières, et y revenant encore avec méchanceté.

– Maintenant, tu vas me la prêter, a dit Zalman en tirant à lui la gazelle.

– Mais tu as dit qu'elle était verte et que ça te ficherait des crampes, a gémi Momo.

– Laisse-la-moi, je te dis.

Et il s'était éloigné avec elle en laissant Momo sur le carreau. Il s'était approché de moi en râlant.

– S'il en voulait, il n'avait qu'à s'en garder une, il a dit.

– Ouais, Momo.

Comme je ne lui apportais pas le secours attendu, il se mit en colère.

– Toi, t'es comme lui, tu ne penses qu'à toi et tu te fiches du reste.

– Ouais, Momo, j'ai dit.

Momo est parti graisser son fusil.

Ce qu'il nous aurait fallu, c'était une bonne pelure à trouer.

J'étais tout seul dans la cabane à essayer de dormir pour passer le temps quand un bruit attira mon regard à trois mètres devant moi. Sur le sol poussiéreux, un petit fennec roux faisait quelques gestes de toilette. Il leva les yeux vers moi et esquissa un sourire.

– Salut chasseur, dit-il.

La voix de cet animal me glaça. J'avais toujours eu l'irrationnel en horreur et n'appréciais pas du tout sa façon de me surprendre au bord de mon sommeil par quarante degrés à l'ombre.

Cependant le fennec continua.

– Tu as fait de très vilaines choses, tu sais. On n'est pas content du tout.

Je sentais que si je faisais quelque chose il allait disparaître, alors je lui répondis.

– Qui, on ?

Malheureusement, il ne disparut pas et, en guise de réponse, l'animal leva son long museau vers le ciel.

Je n'étais pas dupe, je voyais bien ce qu'il voulait dire. À nouveau mon sang se glaça en imaginant mon nom dans le grand livre avec une saleté de croix rouge à côté pour faire de moi un damné.

– Tu as raison de t'inquiéter pour ton avenir. Tu es vraiment dans une position dégueulasse, tout l'enfer se marre en te regardant gaffer et les anges eux-mêmes ont du mal à se retenir.

Cette sale bête connaissait mon point faible, je sentis de grosses gouttes de sueur perler sur mon front.

– Néanmoins... il y aurait peut-être une solution. Tu as un bon fond et c'est ce qui pourrait te sauver, fit le fennec qui s'était rapproché.

Comme je ne répondais rien, il continua.

– Il suffirait d'un coup d'éclat, d'un petit acte d'héroïsme, et la défense aurait un argument. Est-ce que tu comprends ?

Comme je ne répondais toujours pas, il eut l'air déçu, se remit sur ses quatre pattes et se dirigea vers la porte.

– Réfléchis bien, dit-il.

Pour Zalman, les grillons c'était Dieu qui baisait sur un lit à ressorts. Alors il restait des heures à les écouter en pensant à ses propres parties et en souriant aux étoiles. À part ça, pour Momo et moi, la nuit africaine, c'était un vrai foutoir où on aurait aimé mettre de l'ordre.

Une fois les mouches endormies, tout ce qui volait, courait, rampait ou grattait, et qui avait plus de quatre pattes, se mettait à grésiller, à secréter des sucs digestifs dans des trompes infâmes et à chercher un abri charnu pour y pondre des millions d'œufs. Il fallait faire attention avant de se glisser dans les draps, avant d'enfiler ses chaussures, avant de vider son verre, bien vérifier à chaque fois l'absence de l'insecte sous peine de se réveiller dévoré par ses larves.

Manger, manger, manger, ici tout le monde regardait l'autre avec son estomac et agissait sous ses ordres.

Les plus grands animaux, eux aussi, se réveillaient dès que la fraîcheur de la nuit faisait oublier l'horrible soleil du jour.

Des antilopes frappaient le sol crevassé du point d'eau, un éléphant passait tout près de nous en soufflant et en traînant sa lourde trompe dans la poussière, jaillissait le cri d'un singe effrayé par un fauve, quelque chose agitait les fourrés de mouvements furtifs. Peu importait l'obscurité, au contraire.

Le fennec revint deux jours après sa première apparition. De nouveau, j'étais seul et allongé sur mon hamac que je balançais doucement.

Le fennec était essoufflé comme s'il avait couru, et son poil était couvert de sable.

– Tu as réfléchi ? demanda-t-il.

Je lui répondis que j'avais réfléchi et qu'il ne me restait plus qu'à décider du jour et de l'heure.

– Le plus tôt sera le mieux, me conseilla l'animal.

– Ce soir ?

Le soir lui plaisait.

Il fit une grimace comme s'il venait de conclure une affaire pénible, me salua et me quitta.

Derrière les huttes, il y avait un petit bout de terrain poussiéreux où les pelures avaient l'habitude de faire de grands feux quand il y avait une fête. Il ne restait que quelques cratères noircis, dernier souvenir de la musique et des festins.

Momo et Zalman étaient restés dans la pension à graisser leurs fusils et à embêter la petite gazelle. Moi, j'avais dit que j'avais besoin de prendre l'air et je me promenais parmi les cratères.

Finalement, une impulsion me prévint que le moment était arrivé. Je me déshabillai rapidement et me roulai dans les cendres et le charbon. J'étendis bien la couleur noire sur tout mon corps, sur mon visage aussi, et même dans mes cheveux que je trouvais trop clairs.

Je n'avais pas de miroir mais je savais qu'à la lueur du crépuscule, on m'aurait facilement confondu avec une pelure. Je crois que c'est Zalman qui m'a vu le premier. En tout cas, c'est lui que j'ai entendu gueuler.

– Momo, y a une pelure qui vient de passer devant la fenêtre !

Pour faire plus vrai, je me suis mis à cavaler.

Il y eut des bruits derrière moi, une porte que l'on ouvre précipitamment, des voix, et puis le bruit sec du fusil que l'on arme. Moi, je courais toujours, en ligne droite pour permettre à Zalman de bien viser.

Devant moi, une ombre surgit dans la nuit. Un immense cheval blême lancé à toute allure se ruait vers moi. Sa course étrange, silencieuse, implacable, et la beauté de son regard lunaire me clouèrent sur place.

Je sentis que toute la faune ailée retenait son souffle, pas un saint n'osait bouger, je leur offrais un moment de grâce qu'ils savouraient avec délice.

Je me sentis tomber vers les étoiles et m'y reçus mollement.

GLOIRE ET COLÈRE DANS LE MINABLE PETIT LOFT DU DESSUS

Avant toute cette histoire avec madame Allaoui, mon voisin du dessus n'avait jamais vu de vrais cadavres. Par contre, à la télévision, devant laquelle il passait le plus clair de son temps, il en avait déjà vu tout un tas : celui de Mao, de Lénine, plein de cadavres africains, plein de cadavres kosovars, le cadavre de Kennedy, des masses de cadavres de Juifs filmés par les troupes de libération, le cadavre de Bruce Lee dans le film *le Jeu de la mort*, et toutes sortes de cadavres qui ne ressemblaient plus à grand-chose dans le reportage *Age of Fellony* que des pacifistes américains avaient réalisé sur Hiroshima. En somme, mon voisin du dessus avait un vrai carnage dans la tête et, par voie de conséquence, ses nerfs étaient devenus aussi durs que des câbles d'ascenseur. Quand on le croisait, on le trouvait un peu distant. Il disait bonjour et au revoir, il faisait le strict minimum pour prouver qu'il avait encore un lien avec la civilisation bien qu'il eût de celle-ci une drôle d'image putréfiée où la vie humaine ne valait guère plus qu'un pet de lapin. Pour se détendre, éviter qu'une secousse de grande amplitude vienne briser son fragile équilibre psychologique, mon voisin du dessus s'était mis à griller joint sur joint. Il s'était d'abord fourni auprès d'un petit revendeur marocain possédant une résine artisanale d'une excellente qualité, fortement parfumée, en importation directe du Haut-Atlas. Puis le petit revendeur marocain s'était fait arrêter et expulser par l'Office des étrangers. Les flics avaient repris en main le commerce du cannabis, les prix avaient grimpé et la qualité n'était plus ce qu'elle était : fini le Haut-Atlas, ce qui se fumait maintenant, c'était une maigre résine produite dans la banlieue de Breda. Mon voisin du dessus se lança alors dans l'agriculture. Dans une grande jardinière posée sur le radiateur de son appartement, il planta les graines d'une herbe d'une variété résistante et savoureuse qui atteignit bientôt cinquante centimètres de haut, source gratuite et abondante de sérénité pour son cerveau tourmenté.

La consommation de cannabis le rendait un peu plus humain, un peu plus chaleureux. Les fosses communes qui étaient son quotidien se couvraient de coquelicots, les cadavres hantant son imaginaire lui faisaient des sourires affables, Hiroshima prenait des allures de petit quatuor à corde. De cette façon, il réussit à séduire une fille d'une vingtaine d'années, plutôt mignonne, habillée le plus souvent de pantalons moulants et de pulls trop courts révélant à tout le monde un nombril aussi appétissant qu'un bonbon à la rose. Comme lui, elle était plutôt désœuvrée et subsistait de Dieu sait quel trafic, et comme lui elle soignait un système nerveux défectueux grâce à la jardinière du radiateur. Tous les deux s'entendaient à merveille.

Mon voisin du dessous, lui, c'était tout le contraire de mon voisin du dessus. C'était un homme dont l'âge approchait celui de la Vallée des Rois. Dans l'immeuble, on disait qu'il défiait toutes les lois du vieillissement grâce à un régime composé exclusivement de charcuterie, de fritures, de cigarettes sans filtre et, quelquefois, d'un peu d'alcool bon marché. Cependant, ce régime n'avait l'air de maintenir en vie que les organes essentiels : son cœur, malgré un bel enrobage de cholestérol, battait avec régularité, ses poumons de fumeur fonctionnaient aussi convenablement qu'une chaudière au mazout, son cerveau bien qu'anormalement spongieux continuait à répondre aux stimuli extérieurs à condition que ceux-ci ne soient pas trop complexes, et les reins, foie, vésicule, vessie et même prostate parvenaient sans trop de pannes à tirer leur épingle du jeu. Mais c'était tout. À part ça rien ne marchait plus chez mon voisin du dessous et il passait ses journées à marmonner, le cul vissé sur un fauteuil roulant : ses jambes étaient aussi froides et inertes que des saucisses de Francfort, ses bras pendaient comme les branches d'une plante d'appartement oubliée dans un recoin poussiéreux, et sa tête, grosse masse couperosée et hirsute posée à même les épaules, un œil vitreux, l'autre mi-clos, ressemblait à celle d'un cochon mort sur un étal de boucher. Bref, mon voisin du dessous ne savait pas se débrouiller seul.

Personne ne savait quelles étaient ses relations avec madame Allaoui. Toujours est-il que cette femme, à peu près aussi vieille que lui et fonctionnant à peine mieux, se tapait chaque jour, depuis des années, plus d'une heure de transports en commun pour venir faire à manger, aérer l'appartement, voire parler un peu, bref s'occuper des mille choses qui rendaient la vie d'impotent de mon voisin du dessous un tant soit peu supportable.

Voilà où en étaient les choses lorsque le déboisement massif des forêts sibériennes, doublé par l'achèvement de la trans-amazonienne, le détournement du cours du fleuve Yang-tsé, l'assèchement définitif de la mer Caspienne et les effets pervers du réseau de satellites géostationnaires plongèrent le pays dans un hiver d'une rudesse exceptionnelle. Tout gelait, tout se brisait. Le vent était comme une lame de rasoir, l'air sec comme un caillou. Des chats gelés tombaient sans bruit des gouttières, les pigeons dormaient par groupes de quatre pour se tenir chaud. L'enfer polaire.

Le moral de mon voisin du dessus était au plus bas. Refusant de mettre le nez dehors par un temps aussi épouvantable, il restait planté devant son téléviseur à fumer son herbe, son index gauche sur la télécommande et son index droit sur le nombril de sa fiancée. Les programmes étaient pires que jamais : des ambassades explosaient aux quatre coins du monde, l'Afrique du Nord passait ses enfants au four à pain et l'Amérique du Sud torturait son prolétariat agricole dans les prisons d'État, un vrai bain de sang à toutes les heures du jour et de la nuit. Et plus le sang coulait, plus mon voisin fumait.

L'hiver continua de plus belle, s'éternisa jusqu'en avril, puis jusqu'en mai, si bien que les autorités durent rationner le gaz et l'électricité, et encourager les particuliers à se chauffer par leurs propres moyens. Dans notre immeuble, équipé d'un chauffage central, il n'y avait bien sûr ni poêle ni cheminée. Il y fit bientôt un froid de canard. On devait jeter du sel dans les canalisations pour les empêcher d'éclater. Du givre couvrait les escaliers. La peau collait au métal.

Sans la chaleur du radiateur, arrosé à l'eau glaciale, le cannabis de la jardinière ne tint pas trois jours et, la dernière feuille fumée, il ne resta plus rien pour panser les plaies de la cervelle de mon voisin du dessus. Tous les cadavres qu'il avait passé des mois à garnir de fleurs se relevèrent comme un seul homme et lui pourrirent à nouveau la vie.

Il redevint l'individu peu engageant qu'il avait été avant. Pire, il devint désagréable, mesquin, rancunier. Son couple se mit à battre de l'aile et sa copine lui refusa l'accès à son nombril tant qu'il ne ferait pas un effort. D'ailleurs, à elle aussi, l'absence d'herbe commençait à peser, la longue nuit hivernale lui donnait des névralgies, déréglait son cycle menstruel, lui faisait manger n'importe quoi. Il leur fallait quelque chose pour les aider à surmonter cette sale passe.

Pendant ce temps, madame Allaoui, vieux navire brise-glace, continuait à venir chaque jour nourrir, aérer et distraire mon voisin du dessous. Quand elle arrivait, elle avait les articulations complètement coincées et il lui fallait cinq bonnes minutes pour atteindre le premier étage, grinçante et craquante de toute part, de la neige fondante lui dégoulinant de partout, sa peau ressemblant un peu plus chaque jour à celle d'une momie inca conservée dans un lac gelé.

Mon voisin du dessus finit par se résoudre à aller trouver les flics qui avaient repris en main le commerce d'herbe. Il en trouva un, grelottant au coin d'une rue, le visage bleui par le froid, qui lui dit qu'à cause de ce temps pourri les serres hollandaises avaient dû fermer. Le flic lui proposa cependant un sachet de poudre grisâtre, sans origine, sans nom, pas trop chère, à fumer dans une pipe en verre et donnant de brillants résultats. Mon voisin du dessus n'aimait pas ce qui n'était pas naturel, cette poudre grise ne l'inspirait vraiment pas mais les cadavres qu'il avait dans la tête et l'idée de voir s'éloigner le nombril de sa copine ne le firent pas hésiter longtemps. Il acheta deux paquets de poudre grise, deux pipes en verre, et rentra dare-dare chez lui. Il se fourra sous les couvertures avec la jeune fille, chacun sa pipe, chacun son sachet, et ils se mirent à aspirer. Au bout d'un moment, ils se rendirent compte que cela n'avait rien à voir avec les effets agréables de la plante de la jardinière, c'était même tout à fait différent. En fait, se dit mon voisin du dessus, ça ressemblait à la mort. Il ne sentait plus le froid, tous les cadavres qui l'habitaient lui faisaient de grandes tapes dans le dos en l'appelant « mon petit pote » et en lui disant « bienvenue au club », sa copine avait deux, puis trois, puis une bonne dizaine de nombrils qu'elle lui offrait amoureusement.

Très vite cependant, mon voisin du dessus ressuscita et se retrouva aussi déprimé, aussi gelé et aussi envahi par les cadavres qu'avant sa prise de poudre grise. En plus, un bruit épouvantable remplissait à présent son appartement : un bruit d'ambulance roulant à toute vitesse sous les bombardements. Sa copine elle aussi entendait un bruit, mais pas le même : un bruit de foreuse contre un mur en béton armé. Tout les deux passèrent une partie de l'après-midi en boule dans le lit, les mains sur les oreilles, à transpirer malgré le froid. Puis la fille finit par dire : « C'est ce truc que t'a vendu le flic, il y a des effets secondaires, faut que t'ailles le trouver et qu'il te donne quelque chose pour calmer ça. » Elle parlait très fort à cause de la foreuse, lui ne comprenait pas tout à cause de l'ambulance. Malgré tout, il enfila sa veste et fonça retrouver le flic. Il était toujours à la même place, encore plus bleu que le matin. Il était au courant du problème, il n'y avait pas trente-six solutions, il fallait reprendre de la poudre grise, un peu plus, toutes les huit heures jusqu'à ce que les symptômes disparaissent. Mon voisin du dessus reprit deux sachets, remarqua que les prix avaient augmenté mais ne discuta pas, l'ambulance faisait un boucan de tous les diables.

C'est au bas des escaliers de l'immeuble, juste dans le hall d'entrée, qu'il découvrit le cadavre de madame Allaoui, son premier vrai cadavre. Elle était allongée sur le dos, tenant fermement serré contre elle un petit sac noir. Elle avait le visage figé sur l'expression d'horreur qu'elle avait prise en se cassant la figure. Mon voisin du dessus était dans un état ne laissant pas beaucoup de place à la réflexion, sa seule envie était de retrouver sa copine sous les draps et de faire taire foreuse et ambulance grâce à la poudre grise. Il saisit le corps de madame Allaoui, dur et léger comme une branche de bois mort, et le monta jusqu'au premier. Il frappa plusieurs fois à la porte de mon voisin du dessous qui ne répondit pas, à la fois trop sourd, trop soûl et trop impotent pour entendre et comprendre quoi que ce soit. Mon voisin du dessus monta jusque chez lui et, sous les yeux un peu étonnés de la jeune fille, posa contre un mur le cadavre de madame Allaoui.

La poudre grise fit cesser les bruits désagréables, mit un peu de baume sur les cœurs meurtris des deux jeunes gens. Pour eux, ça allait vraiment bien. Il n'y avait pas de problème. Mon voisin du dessus s'approcha du corps de la vieille dame et dit en lui agitant le petit sachet sous le nez : « Alors, toi aussi tu en veux, hein. Oublier les soucis avec ce gros con. » Il riait à n'en plus finir. Son amie riait aussi. Ça faisait longtemps que l'on n'avait plus été aussi heureux.

Le contenu du petit sachet que lui avait vendu le flic dura trois jours. Trois jours de bonheur durant lesquels mon voisin du dessus ne regarda plus la télévision, ne souffrit plus du froid ou des morts de dedans sa tête. Il chatouillait tantôt le nombril de sa fiancée, tantôt celui de madame Allaoui, trouvait que la vie valait d'être vécue. Les deux femmes de son appartement, il les appelait ses petites chéries, et il leur tint, durant ces trois merveilleuses journées, des discours aux accents prophétiques sur le monde de demain, la fraternité des humains et l'amour du Christ dont il pensait être l'incarnation.

Le quatrième jour, la poudre manqua. Mon voisin du dessus se mit à pleurer. À la télévision, il n'y avait que des reportages sur les grandes figures du XXe siècle et des dessins animés japonais : Pinochet, Goldorak, Pol-Pot, Dragon-Ball, Hitler, les Chevaliers du Zodiaque, Staline, Ken le Survivant. Une horreur. Le bruit d'ambulance avait repris. Il appela le Christ un bon millier de fois sans obtenir la moindre réponse. Son amie lui dit de se taire, qu'on était en pleine nuit, qu'il allait réveiller tout le monde. Mais mon voisin du dessus savait que ce n'était pas la nuit, que ce n'était d'ailleurs pas l'hiver, que les gens qui semblaient morts autour de lui ne l'étaient pas et que les vivants étaient probablement des morts. Il attrapa la jeune fille par les cheveux et la tira jusque dans la salle de bains. Il lui dit en la mettant devant le miroir : « Regarde ta tête, tu as une tête de morte, t'es qu'une salope de morte de mes deux ! ! ! » La fille voulait répondre mais, BING, BING, BING, il lui frappait la figure contre l'évier en répétant : « MORTE, MORTE, MORTE ! ! ! » Comme un fou. Puis il sortit. Dehors il faisait autour des moins cinquante degrés. À côté, le pôle Sud c'était la côte d'Azur. Il avait oublié de mettre sa veste mais il s'en fichait. Le seul truc important, c'était de retrouver ce flic et de se procurer de la poudre grise. Il marcha pendant des heures, la peau de son visage était dure comme du carton. Il ne sentait plus ses mains ni ses pieds et ne trouvait pas le flic. Il n'y avait personne dans les rues. Même les pires voyous ne sortaient pas par ce froid, alors évidemment, pas la peine de demander à un pauvre flic de geler sur pied. Mon voisin du dessus rentra à l'appartement où régnait un bordel épouvantable : le cadavre de madame Allaoui toujours contre son mur, sa copine étendue dans la salle de bains, tout était cassé, tout était couvert de sang. Il s'approcha de la jeune fille, elle respirait très doucement, comme un petit lapin qui a la myxomatose, pas de chance, pas de chance.

Ce doit être à ce moment-là qu'il est descendu me demander de l'aspirine. Je me rappelle la tête qu'il avait. Complètement gelé, ses joues étaient noires, son nez semblait sur le point de tomber. Mais il s'en foutait royalement, tout ce qu'il voulait, c'était une aspirine. Il avait des yeux de moineau, tout petits, tout ronds, tout noirs, qui lui donnaient une vraie tête de psychopathe. Je lui avais donné deux cachets et il était remonté. Ses petits yeux brillaient comme des morceaux de verre fumé, il s'était pris un cachet et en avait mis un dans la bouche de sa copine qui n'avait toujours pas repris connaissance. Il la prit dans ses bras et la posa sur le lit, elle ne respirait presque plus, juste un petit nuage de condensation par minute, il lui dit : « Je suis désolé, je l'ai pas fait exprès, je ne connais pas ma force, mais quelquefois tu es tellement énervante, faut me comprendre. » Juste quand il eut fini de parler, pif, le dernier petit nuage de condensation sortit des narines de la jeune fille. Morte, froide, toute blanche sur le couvre-lit. Mon voisin du dessus resta assis à côté d'elle, la tête complètement vide : pas d'envies, pas de besoins, pas d'émotions. Il se sentait juste très calme, les effets secondaires de la poudre grise disparaissaient d'eux-mêmes.

L'hiver se prolongea encore jusqu'en juillet, mais le gouvernement parvint à rétablir le gaz et les livraisons de mazout. On pouvait à nouveau se chauffer. Mon voisin du dessus, avec un soin infini, récupéra quelques graines de cannabis et les posa sur un peu d'ouate humide à proximité d'une source lumineuse. Elles germèrent en deux jours. Il se procura alors le meilleur des terreaux et les planta à un demi-centimètre de profondeur dans la jardinière à nouveau posée sur le radiateur.

Durant les grands froids, les corps de madame Allaoui et de sa copine, pareils à deux pizzas surgelées, s'étaient si bien conservés que mon voisin du dessus les avait presque oubliés dans un coin de son appartement. Mais à présent que le chauffage était rétabli et que, à l'extérieur, les températures se rapprochaient des normales saisonnières, la conservation des deux cadavres se révéla vite problématique. Ce souci l'accabla. À nouveau il se sentit nerveux, irritable, et à nouveau, pareil à l'écran de sa télévision, son cerveau se remplit de grands brûlés, de fusillés, d'accidentés en tous genres, de mutilés de tous ordres.

Il fuma des joints un jour durant, saturant son système nerveux de cannabis, ne retrouvant son calme que tard dans la soirée quand le monde se mit à ressembler à une vaste blague. La télé le faisait rigoler à n'en plus finir, la crasse de sa chambre, ha, ha, ha, ha, très drôle, sa tronche de déterré, ha, ha, ha, à crever de rire. Il était plié en deux sur son lit, ha, ha, ha, ha, ha, ça lui faisait du bien de rire comme ça. Il emballa le corps de madame Allaoui dans une paire de draps et il la descendit jusque dans le coffre de sa voiture. Toute petite madame Allaoui, il restait encore de la place. Il remonta, prit une autre paire de draps et enveloppa le corps de sa copine. Ha, ha, ha, ha, ha. Aussi légère qu'une feuille de papier de riz. Paf ! Elle aussi toute petite, elle aussi dans le coffre. Et le voilà qui roule et qui rigole, mon voisin du dessous. Un peu au hasard, une rue à gauche, une rue à droite, un petit début de soleil qui pointe à travers un ciel de lait, le grand dégel arrive, la vie va reprendre ses droits, place à la vie, mort aux morts. Il sort de la ville, prend de petites routes, ha, ha, ha, ha, jolies comme tout ces petites routes, elles galopent à travers la campagne. Un peu plus loin, sous un pont, un large canal s'est remis à couler après des mois d'immobilité forcée. Mort aux morts. À l'eau, madame Allaoui, à l'eau, copine au doux nombril. Ha, ha, ha, ha, les voilà qui coulent comme des pierres, rien de tel que le grand ménage de printemps.

Ensuite, une faim terrible s'empara de l'estomac de mon voisin du dessus. Il rentra en ville, s'acheta des frites dans une petite baraque, avec un supplément de sauce, des boulettes de viande et un pain-saucisse. Conduire d'une main, manger de l'autre. Son volant était tout gras, tout glissant. Pas pratique pour se garer. Puis il monta chez lui, très calme, très heureux, il pensa à une petite branlette mais il n'en eut pas la force. Il pouvait toucher du doigt la lumière du soleil qui entrait dans sa chambre, chaud comme un ventre de fille, le chant des oiseaux faisait des taches orange sur le plafond. La vie était un cadeau.

TABLE

COLLECTION « MILLÉSIMES »

1. *La longue promenade avec un cheval mort*, Francis Dannemark
2. *Les amnésiques n'ont rien vécu d'inoubliable*, Hervé Le Tellier
3. *La maison d'été*, René Guy Cadou
4. *Adieu Fombonne*, Emmanuel Bove
5. *La couleur des abeilles*, André-Marcel Adamek
6. *Passage du Désir*, Jean-Pierre Siméon
7. *La martingale de d'Alembert*, Patrice Delbourg
8. *Le livre des Rabinovitch*, Philippe Blasband
9. *Boulevard de l'Océan*, François de Cornière
10. *La Belle Étoile,* suivi de *Le Tilleul de Stalingrad*, Xavier Deutsch
11. *Paul Léautaud*, Martine Sagaert
12. *Mozart ou l'irréductible liberté*, Marie-Françoise Vieuille
13. *Choses qu'on dit la nuit entre deux villes*, Francis Dannemark
14. *Ma mère à boire*, Régine Vandamme
15. *Les égarements de Monsieur René*, Claude Bourgeyx
16. *Des petits bal sans importance*, Philipe Lacoche
17. *À part moi personne n'est mort*, Thomas Gunzig

Achevé d'imprimer le 20 décembre 2006,
par l'imprimerie France Quercy à Mercuès
Dépôt légal : janvier 2007 – N° d'éditeur : 697 – N° d'imprimeur : 63357
Imprimé en France.